PEPO

Lou Valérie Vernet

# PEPO

Prix 2024 du 1ᵉʳ Roman
Salon du livre de la Saussaye

Paru sous le titre « Grand comme le Monde»

M+Editions/2023

© 2026 Lou Valérie Vernet
Édition : BoD · Books on Demand,
31 avenue Saint-Rémy, 57600 Forbach, bod@bod.fr
Impression : Libri Plureos GmbH,
Friedensallee 273, 22763 Hambourg (Allemagne)

ISBN : 978-2-8106-2871-1

Dépôt légal : Avril 2026

*À ma famille de sang,*
*De cœur,*
*Et d'âme.*
*Merci.*

*Où se réfugier quand aucun chemin
ne mène hors du monde ?
Asta, Jon Kalman Stefansson.*

*Je lui serai fidèle
Même de l'autre côté
Le temps, Slimane et Vitaa*

## Prologue

Il est arrivé jusqu'ici comme partout ailleurs. On ne voit que lui, en vitrine, avec son large bandeau rouge. Posé tout seul, sur son chevalet de bois, sans rien d'autre autour. Ni fleur ni objet. Aucune décoration. Rien qui ne lui fasse de l'ombre ou ne le mette en valeur. Plus qu'il ne l'est déjà. Tout auréolé de blanc, avec son joli titre noir et son diadème rouge. Trônant, majestueux, anonyme, comme si c'était là le dernier exemplaire. Intouchable. Inviolable. Le nouveau Graal. Quasi inaccessible. Entièrement protégé par une paroi de verre. Peut-être l'unique attrait de ce commerce qui tient lieu à la fois de Dépôt de pain, Presse, Tabac, Épicerie et Relais Colis, niché dans la vallée de Trèvezel, au fin fond des Cévennes.

L'homme s'est arrêté pour voir. Au volant de son camion, il guette. En deux heures, pas moins de seize femmes sont entrées. A priori, toutes pour la même raison. Quand elles sont ressorties, un large sourire aux lèvres, elles n'ont pas attendu de bien refermer la porte pour tirer de leur sac ou cabas ou panier, il en a même vu une avec un sac filet de coton bleu, le précieux sésame.

Dans leurs mains, l'enfant était là. Enfin là.

Elles allaient pouvoir l'accueillir, l'étreindre, le respirer et savoir qui, de l'homme ou des femmes, gagnait toujours. Sur la quatrième de couverture, elles relisaient ce qu'elles savaient déjà. Elles en humaient la promesse. Cette histoire dont on ne savait si elle était réelle ou fictive mais qui parlait de cette seule sorte d'amour pour laquelle, un jour, elles aussi, elles avaient enfanté. Même à en connaître la trame, les grandes lignes, le mauvais rôle qu'on pouvait leur attribuer, elles savaient le cadeau final, le geste noble.

Qui en premier avait *spoiler* l'intrigue importait peu. Ce soir, cette nuit, ou dans les heures à venir, ça serait entre elles et lui. Au diable les médias ou la rumeur, elles allaient, une bonne fois pour toutes, se faire leur propre opinion. Au-delà de tout jugement et sans qu'elles n'aient rien à justifier, elles seules sauraient, ce qu'elles gardent depuis la nuit des temps en leur sein, qui échappe au raisonnement et encore plus à la littérature.

Et de cela, l'homme au volant de son camion, en était conscient.

C'est ainsi qu'il s'était tu.

Laissant aux femmes et à la mère,
                        Le dernier mot.

18 ans plus tôt

## HIVER

*Comme je les aime ces vivants décharnés qui,*
*Semblant paresser silencieusement au soleil,*
*Bruissent dans les profondeurs*
*D'un lent mouvement de renouveau.*
                              Cahier 2/ Pensées 27.

C'est un nouveau silence. Qui ne ressemble à aucun autre. Un silence inconnu, violent, soudain, brutal. Un silence imposé, sur lequel il a buté. Comme un accident survenu. Inévitable. Incontournable. Un silence que personne n'a encore nommé. Obstiné et complet. Un silence d'oiseau mort qui ne sifflera plus. Qui met en alerte, en appelle à tous les sens. De l'épaisseur d'un mur de pierre, avec une sale odeur de vase et de la couleur de la nuit. Mais un silence poreux. Un silence comme un piège. Qui se referme sur lui. L'engloutit. L'avale. Le broie. Un silence avec de grandes dents. Un silence plein de flotte. Un silence sans bruit mais qui hurle en dedans. Qui éructe. Qui foisonne. Qui divague. Foutrement muet, brouillon, plein de vide et de rien. Rempli d'absence, de larmes, de bile, de dégouts et d'arrogance.

Un silence à hauteur d'homme, tapi dans le cœur d'un enfant.

Pepo voudrait bien le maîtriser ce silence pour qu'il ne déborde plus. Que quelqu'un vienne le chercher et lui trouve une pièce, rien que pour lui, avec écrit sur la porte « *Défense d'entrer. Le silence est occupé. Ne pas déranger* ». À être ainsi en train de travailler, le silence ne serait plus en lui, tout débordant, tout dévorant. Il ne serait plus non plus autour de lui, à ramper partout, sous le lit, sur les murs, à travers la grille d'aération, dans chaque recoin de tous les angles, les trous, les failles, les interstices. Un silence comme ça, qui prend autant de place, qui fouine dans tous les sens, c'est comme une maladie. Adipeuse, laide et grotesque. Fatalement assassine. De l'épaisseur d'un mur de pierre, avec une sale odeur de vase, de la couleur de la nuit et donc que personne ne voit. Comme une crevure invisible.

Pourtant, il le voit bien que c'est ça, Pepo. Parce que c'est là, partout et que ça n'en finit pas. C'est haut, c'est grand, c'est large. Ça pèse comme un immense rocher qui roule, un rocher qui va et vient. Qui aplatit l'enfant. L'entaille. Le blesse. L'étouffe. Le recroqueville. L'ensevelit. Souvent Pepo oublie de respirer. Il attend pendant longtemps que ça passe. Que reviennent un souffle, un battement de cœur. Une urgence de vivre perdue, sabotée, exsangue. Car, et il le ressent sans rien y comprendre, sans même volontairement y penser que c'est un silence blessé qui ne veut pas le tuer. Au mieux l'accaparer, le soumettre, le tétaniser. Mais décidément non, pas le tuer.

Toute la nuit, l'enfant reste ainsi, collé au silence. Abasourdi, paralysé, choqué. Quand il a vu le père tomber, et après, plus rien. Le silence est venu aussitôt derrière. Avec la force d'un océan. Comme une vague gigantesque. La poitrine de l'enfant s'est soulevée et le monde s'est figé. Des heures durant, l'enfant n'a plus bougé, il s'est laissé dévorer. Immobile dans son lit. Sa tête. Son cœur. Il aurait voulu ne pas pleurer. Il a serré les poings. Fort. Comme le père le lui a appris quand la flotte des émotions le dominait. Il disait à Pepo *Serre. Fort. Ça ne coulera plus*. Mais le père n'est plus là pour dire et redire encore. Le père a chu, d'un seul mouvement et ce nouveau silence a gagné. Alors l'enfant s'est endormi, épuisé d'avoir lutté puis d'avoir perdu.

Au dehors, les oiseaux se sont tus. Maître Coq n'a pas chanté. Même les rats se sont tirés. L'aube éventre la nuit en jetant sur la caravane une réverbération crasse. Bien avant tout ça, l'endroit était lugubre, aujourd'hui, il est fantomatique. La misère du lieu est comme statufiée. Piégée pour l'éternité. Ici et là, de vieux bidons rouillés, des carcasses de voitures désossées, poubelles éventrées. Ferrailles, plastiques, papiers gras sont agglutinés. On y voit une cohorte d'asticots et autres nuisibles tenter d'en lécher l'ultime substance. Piètre ballet de crève-la-faim. Tout un amalgame d'objets cassés trempent inutilement dans de grandes flaques d'eau croupie. De vieilles palettes et des planches de bois rongées d'humidité posées par-dessus, en équilibre précaire, forment un chemin hasardeux qui part de la caravane et s'enfonce jusque dans le sous-bois. Il y a bien une route qui conduit à ce terre-plein miteux mais c'est comme si tout l'agencement du lieu avait visé à s'en détourner. La caravane tourne le dos à la route, s'ouvre sur une lande de terre comme un dépotoir, décharge à ciel ouvert et rejoint le sous-bois.

Une enclave sans espoir de retour.

Et cela, depuis bien avant Pepo et le Père. Quand il y a neuf ans, deux frères étaient venus, croyant qu'il suffisait d'une maison mobile pour échapper au passé. Pour croire qu'être libres, c'est ignorer le monde et qu'à son tour il les ignorera. Qu'ici, bien planqués, à l'abri des autres, le malheur ne viendra pas les chercher. Si on condamne les chemins, qu'on s'abrite du ciel, des oiseaux, qu'on laisse la nature faire barrage, alors la mort ne s'aventurera pas. Qu'aurait-elle à faire de deux post adolescents qui se terrent, sans rien exiger d'autre qu'être là, aux antipodes de ce qui les a menés à cet isolement. Et si c'était ça la solution ? Cette vie simple et tranquille. Ils avaient connu assez de déboires, d'échecs, de mauvais traitements. Ils avaient gagné le droit de se la couler douce. D'être ensemble à ne rien faire et pis c'est tout. N'est-ce pas suffisant quand on a à peine 20 ans et que déjà la vie nous a repris plus que ce qu'elle nous a donné. Ils avaient dû mettre un océan entre l'hier et l'aujourd'hui. Un océan et des kilomètres de fonds de cale crasseux pour être certains d'échapper à ce passé. Alors, arrivés là, à ce petit bout de monde, cela leur avait semblé suffisant. Au moins pour un temps. Celui d'arrêter de courir et de se reposer. Après ils aviseraient. Peut-être. Mais la mort avait été plus rapide et surtout plus sournoise. Parce que souvent la mort a des oreilles partout, une langue bien pendue, des dents longues, des poings vifs et la rancune tenace. Elle les avait surpris à l'aube, absolument pas préparés, les yeux encore brouillés par les rêves et le sommeil et la chaleur de leur corps. Elle ne leur avait pas fait crédit, la mort. Pas cette fois. Elle leur avait ôté la vie. A coup de poings, de pieds, de ceinturon, de chaines, de barres de fer. À coup de haine. Violemment. Personne n'avait jamais su pourquoi ni par qui. Personne n'avait réclamé les corps. On n'avait retrouvé aucun papier. Juste leurs visages de jeunes adultes à peine mature.

Outrageusement défigurés.

La caravane avait été longtemps abandonnée. Personne n'avait même jamais pensé à la déplacer ou mieux, à la brûler. Elle était restée là, béante, saccagée, à se morfondre sous la pluie, le gel et toutes ces saisons sans âme pour la consoler. Quelque part dans ses charnières, ancrée dans ses cloisons, perdurait une mémoire qui avait tout retenu des frères massacrés. Leurs cris de bêtes, leurs derniers regards affolés, leur dernière prière qu'aucun des deux ne soit épargné mais au contraire, absous ensemble de tous leurs péchés, pour qu'ailleurs, au-delà du trépas, ils puissent se retrouver et tout recommencer. Longtemps la caravane avait fait silence, en deuil prolongé. Puis étaient venus le père et Pepo. Qui lui avaient redonné vie. Comme une seconde chance. Une opportunité de se racheter. Aucune femme n'a jamais dormi là. Pepo est né ailleurs, il y sept ans, dans un autre monde. Il a suivi le père, il n'avait pas un an. Ce qu'il sait de la vie a commencé ici. S'il a connu ou aimé un jour l'odeur de sa mère, il l'a oublié. Et sa chaleur et le son de sa voix. Il a grandi avec le froid de ces six hivers passés ici. Quand le givre tombe et enserre tout. Que plus rien ne vit. Que le seul courage est de se tenir immobile dans la caravane à attendre que le printemps revienne. Alors là, oui, tout renaît. Une fois encore. Presque comme un miracle. La lande asséchée ne paraît plus si pauvre ni triste ni misérable. Le moindre baril troué ou bout de ficelle devient un jeu. C'est toute la vie qui se réinvente. Il suffit de rejoindre le sous-bois. Se fondre en lui. De cueillir la première rosée sur la mousse et de s'adosser à un tronc. Écouter tous les murmures, les cris, les frôlements. Les feulements. Et voir à chaque nouvelle saison une famille de lapins et même de renardeaux s'élancer au pied du vaste monde. Bien sûr que le père aura mis des collets, posé des pièges mais tout de même, la vie aura repris. La longue nuit d'hiver n'est pas si fatale. On en vient toujours à bout.

Il suffit de moins manger et de beaucoup dormir. Tous les soirs de la soupe, du pain et du lard. Rien de tel, rien de mieux. Et comme les bêtes, de longues heures de sommeil. À refaire des forces et attendre patiemment. Les heures du jour si courtes, celles de la nuit si noires et tellement de minutes au milieu à ne rien faire d'autre qu'être là, comme suspendu à l'attente que quelque chose se passe. Un oiseau dans le ciel qu'on ne connaîtrait pas encore, une belette ou un dahut qui viendraient sans qu'on les chasse, le chant du merle qu'on imiterait jusqu'à se brûler les lèvres. Et puis un matin, un soleil plus haut, plus chaud, plus vif. Un air plus tiède, moins tendu. Le signal du départ. Après oui, on mettrait un bon coup de collier. Autant que les premières heures du printemps et les dernières de l'été en rajouteraient. Il serait temps de s'acharner à gagner une vie dont on ne pensait jamais à profiter vraiment. Et lui le père, à peine l'automne avalé, il voulait en profiter de la vie. De Pepo. Du dormir sans réveil. L'hiver, c'est le seul moment où il avait le temps. Où il ne louait pas autant ses bras, sa force, son acharnement et sa sueur. Cette saison-là, avec Pepo, il veillait tard et longtemps. Il y avait des bougies partout et des ombres qui dansaient. Ça faisait des histoires à raconter. Jamais les mêmes.

Le père inventait et l'enfant s'endormait.

D'ailleurs, cette nuit encore, l'enfant a rêvé de l'Arbre à Feuilles. Une sorte de hêtre géant, aux racines noueuses et prolifères, au tronc court et ramassé, mais aux longues et multiples branches. Au moins des centaines, qui se déploient en un 360° parfait et d'autres encore qui rejoignent presque le ciel. Sur chacune d'elles pendent de grandes feuilles de papier. Des milliers de feuilles qu'on aurait sauvées d'un déluge et qu'on aurait mises à sécher là, en hauteur, à la faveur du vent et du soleil. Sur chacune d'elles, l'histoire du monde est écrite. Celle des hommes et des dinosaures. Du tout début, entre grotte et caverne. Puis du temps de la guerre. Des grands cataclysmes. Des épidémies

Quand il existait encore des châteaux et des rois. Avant qu'on ne leur coupe la tête.

Dans le rêve de Pepo, la chronologie disparaît souvent au profit des épopées, et le récit se réinvente, bercé par la voix du père. Cette fois-ci, ça n'aura duré que quelques minutes. Le silence gagne encore et revient. Pepo s'assoupit, tente de s'échapper mais le grand vide le rattrape, le force à ouvrir les yeux. Le père n'a pas bougé, couché sur le lino de la caravane, en caleçon.
Déjà tout bleu.
Tout raide.

La chaleur est restée avec Pepo, sous le gros édredon grenat. Il y a longtemps que la brique au fond du lit est froide mais là où s'enroule l'enfant, la chaleur résiste. S'il change de position, étend un bras, un pied, sort plus que le bout de son nez, ça va être l'enfer. Le père n'est plus là pour faire rempart ; braver les matins d'hiver, lui préparer son chocolat chaud, réchauffer une brique, la planquer au fond du lit, coller ses affaires avec et le regarder se tortiller pour s'habiller. Pepo a une sacrée envie d'uriner mais la bouteille de la nuit est pleine. À cette heure-ci, le père l'aurait déjà vidée.
À cette heure-ci, il ne devrait pas être mort.

C'est peut-être toutes ces pensées, cette banale affaire de vie, instinctive, primitive, de devoir se lever qui d'un coup bâillonne le silence. La volonté qu'il faut à l'enfant de se bouger lui coupe net le sifflet. L'effort prend toute la place. Et ça fait un boucan d'enfer. Le silence est rompu à l'instant même où Pepo dégage l'édredon d'un geste rageur. Ses yeux pullulent de flotte, contre ça il ne peut rien, mais il se redresse. Désormais, il n'arrêtera plus de le faire.

Dehors, le jour a dressé ses contours. Les mêmes depuis toujours. La route d'un côté, le sous-bois de l'autre, la caravane au centre. L'enfant va devoir choisir. Rester ici n'est pas une option. Avec ce qu'il reste de provisions, il pourrait pourtant mais avec le corps du père en plein milieu, non. C'est trop de douleur cette bouche ouverte sur plus un son. C'est d'une surdité absolue. À rendre fou. Et on n'est qu'au début de l'hiver. Normalement, l'hiver, on ne sort pas ou peu. On fait comme les bêtes, on se terre. On attend. « On », Pepo et le père, pas Pepo tout seul. Et qui va lui raconter des histoires maintenant ? Comment on passe une saison entière sans personne pour parler de la vie des hommes, des époques, des batailles, de tous ces héros, qui, avant lui, ont combattu, lutté, aimé pour qu'un jour Pepo naisse. Et qu'à son tour, le père disparaisse.

Ça ressemble à ces matins blafards, humides, sans élan. Un de ces matins mélancoliques où il fait bon regarder au-dehors en tenant une grosse tasse chaude dans les mains. Un matin à jouer au scrabble, à piocher le dictionnaire. A apprendre la vie dans les livres plutôt qu'à l'extérieur. Un matin à entendre la voix du père épeler les voyelles et les consonnes et dans la buée d'une fenêtre écrire pour la première fois son prénom. « Pepo » scintillant, en pleine lumière, fier de lui. Le père, surpris, un voile de pluie au fond des yeux et sa grande main tatouée qui vient se nicher entre son cou et sa joue. C'est un matin comme il y en a eu tellement d'autres. Où l'on se foutait que le ciel soit si bas, la lumière si pâle,

l'horizon absent. Un matin pour un autre matin, avec peut-être du vent, une éclaircie, une bourrasque qui ferait dire « Tiens, le temps va encore changer ». Un matin où jamais personne ne venait sauf une fois, quelqu'un qui s'était perdu. Le père avait indiqué le demi-tour sans rien dire, comme ça, d'un geste de la main. Efficace. Définitif. C'est là qu'il avait expliqué la Ville à l'enfant.
Celle qui avale la tête des gens.

Pepo sait bien qu'il va devoir y aller. A la Ville. Trouver quelqu'un. Chercher du secours. Dire pour le père. Le plus juste serait de prendre le chemin de la grande route directement. C'est ce qu'il devrait faire Pepo. Aller au plus court. Marcher sur le côté. Certainement pas longtemps. C'est sûr que quelqu'un viendrait et après ça serait fini. Une autre vie commencerait. Une vie dont il ne sait même pas imaginer ce que cela peut être. Le père a si peu raconté. Ou toujours les même choses. L'absurdité des lois, des codes, des règlements. La solitude plus froide et coupante que dix hivers mis bout à bout. Le manque d'air, de place, d'arbres. Le temps, toujours en urgence, avec jamais assez d'heures qui avalent pourtant les jours, les semaines, les années, qu'un jour on en devenait vieux et bête et laid sans s'être aperçu de rien. Une grande marmite pleine de grenouilles, toutes en train de crever à petit feu. Le courage de quelques-unes en passant par dessus bord et le regard assassin de celles qui s'enlisent tout au fond. Mais surtout, surtout, les regrets, les griffures, le trou noir des obsessions.
Dont le puits le plus béant était, bien évidemment, l'amour.

Ce sentiment comme un élastique géant qui te propulse au milieu des étoiles et tel un boomerang, te revient toujours dans *ta sale petite gueule*. Le père avait dit ainsi *Dans ta sale petite gueule*. Et pour masquer ce juron, le minimiser, il avait fait semblant de se mettre une grande claque sur le haut de la tête. Pepo avait ri, il s'en souvient et il avait répété *Dans ta sale petite gueule*, lui aussi, en faisant semblant d'avoir commis une faute énorme. À ce moment-là, il n'avait pas vu le cœur du père faire un triple tour dans sa poitrine et lui sortir par les yeux, il n'avait pas fait attention à ce poing serré, caché dans son dos. Pourtant le père avait cessé de rire. Il aurait voulu prévenir Pepo, lui dire que l'amour est un salopard pire que le pire des salopards, une mauvaise graine, une sale engeance, un ange déchu habité par un diable déguisé, pervers, maléfique. Mais il s'était tu, le père. Il avait ravalé sa rage et toute la souffrance que ça lui causait encore aujourd'hui. Il avait escamoté sa peine comme il le faisait depuis la naissance de Pepo. Il l'avait plutôt regardé avec tellement d'amour et de tendresse que toute la lumière du monde formait comme un halo autour de Pepo. Une large aura protectrice. Quoi qu'il en coûte au père. Même si l'écœurement, vicieusement, jour après jour, le grignotait de l'intérieur. C'était ainsi que le destin avait tranché. Pour ce bout de fils, cet esturgeon de vie à peine sevré. Passé cet écueil, il avait attrapé Pepo, l'avait gardé serré contre lui un long moment, respirant son odeur comme on inspire la vie à grandes goulées puis il l'avait propulsé au bout de ses bras, d'une poussée brusque et joueuse et Pepo avait griffé l'air, tenté d'attraper le ciel et toutes les gouttes d'eau qui, d'un coup, s'étaient mises à tomber comme une pluie d'étoiles. En plein jour.

C'était hier, il y a quelques jours, à peine un mois ou deux. Tellement clair dans l'esprit de l'enfant. Presque palpable et déjà si vaporeux. Comme un nuage qui se forme et se déforme au fil du voyage. Qui disparaît. S'évapore. Dont on ne se souvient plus vraiment de la forme initiale mais dont on jurerait l'avoir vu autrement. Pleinement. Qui est passé trop vite. À présent, Pepo s'est habillé. Il a rassemblé quelques affaires. Le portefeuille du père, la boîte à économie, des vêtements chauds, une gourde d'eau, des fruits secs, la poudre de cacao, l'enveloppe avec les photos, le gros dictionnaire et la pochette *Au cas où*. Ça tient dans le sac à dos que le père lui a confectionné. Rien que pour lui. À sa taille. Une fois, il a découpé plusieurs pièces dans deux jeans déjà bien usés, qu'il a cousues entre elles, tant bien que mal. Le père était fort à la tâche mais pour ce qui était des menus travaux, ses grosses mains l'encombraient. Et pourtant, le sac, il lui a fait en une journée. Deux lanières en grosse corde et une poche centrale. Avec une plus petite au-dedans. La poche secrète. C'est là que sont cachés les papiers de Pepo. La pièce d'identité. Le livret de famille. Et l'adresse de la mère.

Mais vraiment, *au cas où*. Si un jour, il était obligé.

La mère il sait qu'elle existe mais il ne sait pas ce que ça veut dire. Ni ce que ça représente. Le père a dit qu'il était né d'elle puis c'est tout. Parce que tous les enfants sont ainsi faits. Mais à quoi ressemblent une mère, une Ville et même une maison avec ces grandes boîtes lumineuses à l'intérieur qui avalent la tête des gens, Pepo ne sait pas. Napoléon, les Rois de France, le déluge, les grands épisodes de l'humanité, il est incollable. Le père a raconté, l'imagination de Pepo a fait le reste. Mais la vie, après la route, là-bas, il ne sait pas. Le père en revenait chaque fois trop fatigué, les yeux gris, la parole sèche. Dans ces cas-là, Pepo continuait de jouer. Le temps que le père plonge sa tête dans la grande cuve à eau et fasse disparaitre *toutes ces turpitudes*. Comme il disait. Jusqu'à aujourd'hui, tout ça lui était égal, à Pepo. Il n'était ni curieux, ni intrigué. À la caravane et tout autour il y avait l'essentiel, un magnifique terrain de jeu. Et le père, tous les jours, qui habillait, nourrissait, lavait. Toutes les nuits, qui veillait. Et toutes les fois où il racontait. Le père avec sur son cœur, quatre lettres tatouées : *Pepo*. Tout simple. Peut-être le plus minuscule de ses tatouages mais celui qui l'avait rendu le plus heureux. *Comme un pape.*

L'enfant se tient devant la caravane. Il a refermé la porte. Le nez presque collé sur la poignée. Le père est resté à l'intérieur. Tout seul. Les rôles sont inversés. Aujourd'hui c'est Pepo qui part. Il voudrait dire comme le père disait *À tout à l'heure. Je t'ai préparé le déjeuner. Pense à chercher où la poule a encore caché ses œufs. Ramène du petit bois pour ce soir. Et fais tes devoirs. Ce soir on apprendra la table des 6 ou des 7 ou des 9.* Toutes ces phrases qu'il trouvait à dire pour ne jamais partir comme ça. Sans se retourner.

Pepo ne se résout pas. Il tourne la tête, regarde au loin. Toujours du même côté. Il n'a jamais regardé que par là. Le sous-bois. Les grands arbres. La corde qui se balance dans le vide avec un pneu au bout. Il pourrait dire toutes les feuilles qui jalonnent le chemin jusqu'au sentier, quand on a traversé tout le bois en entier. C'est un monde en soi. Avec des zones qu'il connaît par cœur et d'autres qu'il découvre encore. Un univers plus grand que lui, qui se rapetisse avec l'âge mais quand même, qu'il n'avait pas fini d'apprivoiser. Où il se sent bien, en confiance, sans danger. Pas comme la grande Ville. Avec ces boîtes animées qui avalent les gens. Qui empêchent de penser. Qui attaquent le cerveau. L'intelligence. Et même la bonne humeur.

Qui ont, paraît-il, gardé la mère.

Et cette Ville sans terre, tout en béton. Avec ces maisons si hautes qu'elles te cachent le soleil, des rues partout et des carrefours et tellement de gens. Le père disait encore qu'il y en avait trop pour si peu d'espace. Et que tout le monde se marche dessus. Que lui aussi, il en a fait partie. Avant. Y'a longtemps. Pepo n'était même pas né. Que ça valait le coup, qu'on pouvait le tenir, le coup mais pas tout seul. Pas sans amour, ce foutu diable. Et pourtant, quelquefois, l'amour c'était vraiment le seul liant qui pouvait encore faire croire que tout ça n'était pas grave : l'asphyxie, la promiscuité, l'agressivité, le bruit, les odeurs de fioul, le ciel bas.

Et les gestes mécaniques.

Ceux qui obligent à se lever, à se laver, à s'habiller, à fermer la porte, descendre dans la rue, marcher, conduire, ou se faire transporter jusqu'à son travail, s'asseoir derrière un bureau, croire que l'on dirige le monde, ou seulement soi-même, ou même pas, être trop souvent transparent, confronté à des ordres puis des contre-ordres, s'exécuter en pensant à demain, un autre jour, cette heure H qui fera que tout change, boucler quand même sa journée en déjeunant sur le pouce comme ils disent, saturé des sonneries de téléphone, des réclamations, de ces fins de mois qui n'en finissent pas de s'allonger, et puis, las, fourbu, rassasié parfois, se re-transporter, ouvrir la porte, entendre crier les enfants ou le silence - c'est de la même violence - ou la femme ou la désespérance d'une journée où personne n'a ri, et déjà, trop vite, allumer la lumière, voir presque la nuit se casser la gueule au fond d'une cour étriquée ou buter contre un porche verrouillé, se servir un verre puis deux, prendre la télécommande, et là, définitivement perdre le contrôle de sa propre volonté, de son libre arbitre, croire aux images, parce que ça bouge, c'est vivant, coloré, et que le monde autour va pire, jamais mieux, et si c'est pas ici c'est ailleurs, prolonger la soirée jusque tard, en redoutant les cauchemars, en espérant plutôt rêver à cet homme, cette femme qui, demain, nous sourira, et alors comme un voile que l'on lève, nous montrera qu'il aura fallu la somme de tous ces gestes mécaniques pour atteindre ce miracle et voulant y croire, tout oublier des avants, cueillir le présent et même, pourquoi pas,

Faire un enfant.

C'est drôle comme certaines résurgences peuvent paraître intactes. Entières. Presque réelles. Figées. On dirait que tout a été tricoté depuis le premier souvenir. Que la pelote est là, à attendre l'assaut, et voilà que Pepo tire un fil et que tout se débobine. Les mots viennent en boucle dire encore et encore ce que le père rabâchait. Le temps s'arrête et Pepo ne se décide toujours pas. Maintenant, il est face au bois, bras ballants. La nuque suppliciée à force de tourner la tête vers la caravane. Le père est juste là, derrière. Pepo a l'impression de l'abandonner. D'avoir oublié quelque chose. De ne pas avoir fait tout ce qu'il fallait. D'avoir fui le lit trop vite et d'avoir à le regretter. Est-ce ainsi qu'on laisse un homme, la bouche ouverte, les yeux fixes ? Même si on a pensé à poser l'édredon dessus. Pour un peu de chaleur et une odeur connue. Pour moins de solitude. Parce qu'on ne pouvait pas faire mieux. Le toucher une dernière fois et découvrir ce que le froid veut dire. Le froid comme un arbre mort, une souche sans âme, un éternel hiver. Et trop de mots qui n'ont pas été dits. Tellement d'histoires qui ne voyageront plus.

À attendre ainsi, tout hésitant, on dirait qu'un nouveau jour en profite pour se lever. Le soleil force la main au brouillard, transparaît en rais diffus et par ricochet, une réverbération alerte le regard de l'enfant. Son pouls s'accélère, en panique. Il a failli oublier, ne pas la voir, partir sans y penser. La Guzzi du père est là, immobile sur sa béquille centrale. Dans le rétroviseur, le soleil éblouit Pepo. Et ça remonte d'un coup, du fond du ventre jusque dans la gorge. Un souvenir comme un long jet de bile. C'est plus qu'il n'en faut à l'enfant pour tomber en avant, à genoux. Serrer les poings n'y changera rien. La flotte des sentiments rompt les digues. Et tout revient. Le père sur sa moto, au démarrage, en train de la réparer, de l'astiquer. Pepo dessus, entre les jambes de son père, tenant le guidon. Pepo derrière, plus grand, sur le départ. Pour une balade. Un tour de grande route. La première fois. La meilleure. Puis les suivantes. Cheveux au vent. Libre. Seul au monde. Rebel à jamais. La fierté du père, sa force de transmission, sa joie qui avait fière allure. Sa seule concession au monde d'avant. Une passion qu'ils partageaient ensemble. Même si depuis trois jours, la moto ne roulait plus. La faute au moteur. Bah oui ça s'épuise aussi un moteur et un jour ça démarre plus. Le père n'avait pas haussé les épaules comme à l'accoutumée. Il y avait vu un signe. Il n'avait pas aimé. Il avait eu raison.

Combien de temps, Pepo reste à genoux, secoué par les larmes, envahi par les images ? Assez pour d'un coup se rendre compte qu'il est transi de froid et qu'il trempe ses jambes dans la boue, le genou droit calé sur l'arête d'une pierre. Alors il se redresse, encore une fois. Désormais, il n'arrêtera plus de le faire. À chaque fois, il le faudra. À plus de sept ans, la mémoire est tenace. Il n'oubliera pas, ne le voudra pas. Ce champ de liberté entre la route et le sous-bois coule dans ses veines. Combien de voyages il a fait dans cette caravane immobile à écouter le père raconter les grandes légendes et les vaillants combats ? Combien de temps faudra-t-il avant que tout cela ne l'achève ? Ne lui tombe de la tête jusqu'au fond du cœur. Sa décision est prise, il va chercher le casque du père. C'est un casque vintage, façon « chopper », ouvert au trois quart, de couleur marron. Comme les sacoches de la moto. Comme le blouson qui termine la panoplie. En redécouvrant le paquetage du père, sous l'appentis extérieur, posé sur le stère de bois, une nouvelle vague de flotte manque de secouer l'enfant. Mais non, pas cette fois, il ne se fera plus avoir aussi facilement. Dans ses yeux brille une grande détermination. La même que celle qui devait briller dans le regard de ces ancêtres, ceux dont le père racontait l'histoire. Il a mimé tant de fois leur courage. Il sait qu'il doit pousser le menton en avant, bomber le torse, se tenir droit, regarder devant lui, serrer les mâchoires, ne jamais montrer ni la peur ni la moindre faiblesse. Il a imité mille fois la pose, un mauvais rictus au coin des lèvres, le regard enfiévré, porté par le miroir paternel qui applaudissait et encourageait. Mais cette fois-ci ça ne marche pas. Et d'un coup le silence revient qui remplace l'élan. De fait, il manque la harangue portée par la voix rocailleuse du père. Il manque cette main tendue en bout de course pour appréhender la chute, au cas où. Il manque l'écho de leur rire. Il manque la vie.

Il manque le père.

Peut-être, pour la première fois, Pepo se rend-il compte qu'il n'est qu'un enfant. Même si le père l'appelait chaque jour *petit homme*. Même s'il saluait son courage à courser Maître Coq, nouer ses lacets du premier coup, rester seul toute la journée, faire ses devoirs, ne pas dépasser les limites du bois, préparer le feu du soir. Même s'il l'appelait *héros*, *fiston*, ou *Pepo le grand*, il est, en un jour, devenu ou redevenu un enfant. Qui n'arrive toujours pas à se décider, qui trébuche dans les souvenirs, qui voudrait partir et qui voudrait rester. Qui, dans ce jour d'hiver à la lumière crue, a tout simplement peur. Cette peur est comme un fait inédit. Après le silence, en l'absence de silence ou en remplacement, il ne ressent plus qu'elle. De la même façon que le silence lui est tombé dessus, la peur le remplace, le saisit, le terrasse. Pleine des mots du père, de ses diatribes, de ses colères. Et il reste ainsi, prostré sous l'appentis, le casque sur la tête à fixer le blouson du père. Les grandes manches vides, le dos flasque. Avachi sur le tas de bois. Alors, comme par magie, son esprit s'absente. Comme souvent. Comme à chaque fois qu'il veut oublier. Il détourne le regard, lève les yeux et dans le grand élancement des branches, qui fleurissent à bout d'arbre, qu'on les croirait emmêlées, nouées les unes aux autres, il s'en va fouiller la cime de la haute et dense forêt. Il peut rester des heures ainsi. A deviner des silhouettes, des formes, des connexions. Le père le lui a expliqué *l'imagination ne connait aucune limite. La nature t'en offre à foison. Regarde ce grand mystère. Tu vois ces arbres qui poussent les uns aux cotés des autres, sans jamais se chevaucher, en respectant leur espace. Tu vois l'houppier séparé des autres houppiers, c'est ce qu'on appelle « des fentes de timidité ». Aucun arbre n'empiète sur un autre. Ainsi l'air circule, le soleil caresse et le bleu du ciel se découpe en une myriade d'arabesques pour que toi, Pepo, tu puisses imaginer, inventer, créer, rêver. Et cela, sans jamais te lasser.*

Mais tout cela, c'est sans compter Maître Coq, qui apparu d'un coup, l'oblige à se ressaisir, à baisser le regard, à buter sur l'ombre de l'appentis, l'absence, le blouson du père, la réalité, le présent, le choix. Maitre Coq, monté sur les bûches, en train de picorer dans les poches du blouson du père. Comme si d'un souvenir à un autre, le père était là pour accompagner Pepo, le forcer à se relever. *L'instinct des bêtes, plus fort que celui des hommes. Tu vois ça Pepo. Je marche lentement, sans rien montrer, je fais tomber quelques graines au fur et à mesure et tu vas voir Maitre Coq. Regarde bien. Il n'en loupe aucune. Il mange dans mon sillage. Et si je pose mon blouson là, il s'arrête et va fouiner dedans. Depuis le début, j'ai fait ça. Il a appris. Il s'en souviendra. Comme toi. Depuis tout petit. Quand tu n'étais encore qu'un bébé. Tu n'oublieras rien même quand je ne serai plus.* Aussitôt c'est le déclic et Pepo se redresse. Désormais, il n'arrêtera plus de le faire. Il ôte le casque qu'il avait mis sur sa tête, quand tout s'écroule, l'idée n'est pourtant pas si mauvaise et à la place, enfile le blouson du père. Trois fois trop grand, deux fois trop lourd mais l'odeur est là, tout entière, presque palpable et c'est comme si la force lui revenait. Comme si le père venait de rentrer en lui, à nouveau vivant, à nouveau puissant. Il le sent sous ses doigts, l'écusson à tête d'aigle, sur la manche droite. Dans son dos, il sait qu'une aile d'ange n'attend qu'un pas de lui. Qu'il peut être fier, qu'il en est capable.

Dans le regard du père, le ressac n'est pas loin. Pepo n'a aucun mal à l'imaginer. Le blouson du père, c'était comme sa seconde peau alors que Pepo l'arrache à l'oubli et le revêt, Pepo le ressent, ça ferait de jolies vagues. Quand il sort de dessous l'appentis, ses yeux papillonnent. Il pense à ce que dirait le père *« tu vois, toute cette flotte c'est normal, mais ne la gaspille pas pour rien. Un jour tu connaitras l'amour et là, la flotte, tu sauras vraiment à quoi elle sert. Serre les poings Pepo. Fort. Sois heureux et cours maintenant »*. C'est ainsi que Pepo consent à se mettre en marche. Convaincu de ne plus rien avoir oublié. D'avoir sur lui et en lui, plus que le nécessaire. Le père.

Il est déjà midi et ça y est, enfin, le bleu du ciel a gagné. Il éclate maintenant en pleine lumière. Le brouillard, finalement inconsistant, s'est évaporé. Le regard de Pepo à cet instant est lui aussi bleu roi. Vase communicant du ciel à l'enfant, leur victoire à tous les deux est manifeste. Éphémère mais manifeste. Le gris chagrin des dernières heures a capitulé et Pepo scrute l'horizon. Celui du bitume et de la grande route. Celui de la Ville et de tous les dangers. Pourtant, à cet instant, il se sent fort, puissant, héroïque. L'acmé du jour a cette force-là, instinctive et immédiate de réchauffer la confiance. Il se dit même qu'avec un peu de chance, s'il part maintenant, il sera revenu avant le soir.

Le père n'aura pas à passer la nuit tout seul ici.

Aussi, pour la première fois, il tourne le dos à la caravane, au bois, à tout ce qu'il connaît, aime, le retient. Il tourne le dos au père et il avance.

Parce que c'est ce qu'il faut faire.

Le père aussi est bien parti un jour, avec Pepo dans sa besace, pas plus gros qu'une crevette, braillard comme pas deux et continuellement affamé. Mais, il ne s'est pas retourné. Il a pris la route, il n'a jamais fait demi-tour. *Parce que c'est ainsi que ça devait se passer. Un jour, tu dois partir, alors tu pars. On ne guérit rien à rester là où se sont produites les choses. Il faut partir. Et pour toi ça sera pareil, si un jour, il m'arrive quelque chose, tu pars. Tu ne te retournes pas. Tu pars. C'est le chemin qui t'indiquera là où tu dois aller.*

Comme pour se consoler, Pepo pense aux combats que livraient les gladiateurs romains, assignés à mourir pour honorer la mémoire des morts. Ça, c'était du vrai courage. Bien plus que d'aller sur une route qu'on ne connaît pas. Bien plus que de risquer de se faire avaler par la Ville. Ou par la peur. Au fond de ses yeux, pourtant, le bleu roi s'efface progressivement et vire au noir. Tendu, scrutateur, concentré. Autour de lui, le panorama change subrepticement. Cette bande grise et revêche qui creuse une grande ligne droite dans le paysage, ça fait comme un tunnel sombre. Le soleil n'y change rien. C'est plat, désert et ça manque d'arbres, d'oiseaux, de bruit, d'indices. Aucune autre piste à suivre que le macadam froid, presque métallique, qui rend le pas de Pepo saccadé. Ici aucune boue n'amortit l'impact, ni ne laisse de trace. S'il devait se retourner, rien ne dit qu'il verrait par où il est passé. Tout est à ce point sec, brutal, uniforme que le regard de Pepo s'immobilise. Pepo, aux yeux couleur d'huitre, tout à la fois gris, bleu, vert, disait souvent le père. Changeant avec les saisons, les humeurs, les variations de lumière, les intensités émotives. S'il le voyait à présent, il lui dirait de recommencer à vibrer, de passer au vert, de ne pas oublier, ni d'avoir peur. Que c'est notre vision des choses qui donne la bonne couleur aux sentiments.

Notre vision et parfois aussi notre ouïe.

Alors que Pepo se croit seul, à l'affut, en train d'appréhender une toute nouvelle vie, résonne dans son dos, comme sorti de nulle part, un drôle de cliquetis. Une espèce de TicTicTic martelé, quasi inaudible mais qu'il perçoit pourtant et qui a l'air de le suivre. Ça lui fait comme une sensation que quelque chose ou quelqu'un se rapproche, est en train de le rattraper. En quelques secondes, il est traversé de violents frissons. Un froid venu de l'intérieur suivi d'une appréhension qui le fait ralentir alors même qu'il voudrait se mettre à courir. Et d'un coup, comme si tout cela n'était qu'une mauvaise farce, un chant bien connu, qu'il a appris à nommer en même temps qu'il a appris à marcher, s'élève et lui fait faire une joyeuse volte-face. Maitre Coq est là, qui coqueline à tue-tête, ses griffes en butte contre le bitume. TicTicTic... C'est comme la vie qui de nouveau circule, le réchauffe, lui monte aux joues, puis aux yeux pour redescendre direct dans le cœur. Dans un grand éclat de rire, l'enfant s'accroupit et tape des mains. Tout entier à la joie de ces retrouvailles.

Dans un court instant d'oubli.

Au fond de la poche du blouson du père, l'enfant grappille les dernières graines et les jette à l'animal. Il n'a pas pensé à en prendre d'autres, pas pensé que Maître Coq l'accompagnerait. À le regarder picorer avec avidité, il se demande s'il ne va pas devoir rebrousser chemin. Faire d'autres réserves. Et c'est là que son propre estomac le rappelle à l'ordre. Un gargouillis impérieux suivi d'une brusque baisse de tension. D'un coup, il se sent tout mou, prêt à tomber, avec la tête qui tourne. Alors il se laisse glisser au sol, sans résister, sans chuter vraiment. Du haut de son 1m23 et lourd de ses 19 kg.

Le sac à dos amortit sa chute. Il reste un moment ainsi, la tête vide, le regard perdu. Il a déjà eu ça quelquefois. Ça s'appelle *tomber les pommes*. Une expression qui à l'époque, a valu au père, mille questions. Comme de compter 36 chandelles ou d'encercler les moutons avant de s'endormir. Dans les trois cas, pommes, chandelles et moutons n'avaient rien à faire là. Ces expressions ne lui semblaient pas aussi drôles que le père voulait lui expliquer. Parce qu'à ce moment-là, lui, Pepo se sentait plutôt nauséeux, faible ou fatigué avec aucune envie de rire. Il sait qu'il doit rester ainsi un petit moment, surélever ses jambes, boire un verre d'eau et quand il se sentira mieux, manger quelque chose. À un jour près, le père l'aurait déjà porté jusqu'au lit, l'aurait fait boire en lui fourrant un sucre dans la bouche. Alors non, décidément, encore plus aujourd'hui qu'hier, *Tomber les pommes* n'a rien de drôle.

C'était dans la nature du père de ne pas relever les fautes, les lacunes ou les interprétations du gosse. Ce qu'il a toujours cherché à ancrer en Pepo, c'est la liberté d'être, de s'approprier les expressions, les mots, l'espace, la vie à sa façon. Le temps de l'enfance, inscrire en lui un champ d'action qui ne tienne compte que de sa propre volonté. De la réalité brute et immédiate. Oublier le Père Noël, la petite souris, l'histoire du chaperon rouge ou de Cendrillon. À ce train-là, l'enfance n'est qu'un tissu de mensonges qui mène à la syncope intellectuelle. De manière insidieuse et, quoi qu'en disent les éminents Docteurs Es, de façon irréversible. L'histoire du monde, la vraie, regorge de valeurs morales qui servent à l'éducation. Et si un jour la date de sa mort s'inscrit comme repère et fondement, alors il aura fait ce qui devait être. Quitte à *tomber les pommes* une fois de plus.

Leur dernier repas date de la veille au soir. Tous les deux. En face à face. Comme tant d'autres fois. Sans savoir que ce serait le dernier. Rien qui ne prévienne. Même pas le père. Lui qui savait tout. Tant d'histoires. Le nom de tous ces héros morts pour la France. Et toutes ces dates : 1515. 1789. 1805. 14/18. 39/45. Mai 68. 1981... Sauf la sienne. La dernière. Évidemment.
Ce 9 décembre.

Le soleil a beau jouer plein feu, le froid est là, qui, ajouté à l'immobilité fait trembler Pepo. Il a fait la razzia sur les fruits secs et la gourde d'eau. À ce rythme-là, il n'ira pas bien loin. Il sait qu'il doit se remettre en route. Avancer. Ne pas se retourner. Arrêter de tergiverser. *La tergiversation disait le père est l'alibi du faible, du lâche, du resquilleur. Es-tu un resquilleur, fils ? Regarde-moi, est-ce que je n'ai jamais eu l'air de courber l'échine devant mes atermoiements ?* Et c'est comme si dans la tête de Pepo et partout autour de lui la voix du père emplissait l'espace, le forçait à se relever, un vague sourire en mémoire. Le mime grandiloquent de ses atermoiements avait fait hurler de rire Pepo en ce temps-là. C'est que le père avait du génie pour enfiler n'importe quel costume et jouer les pires rôles. Pour faire apprendre les leçons de vie, les mots nouveaux, tout ce que la force et le courage avaient de salvateur. Et de galvanisant.

Tout ça, pourtant, n'est que le début. L'enfant ne le sait pas mais la grande route est encore loin. Les voitures qui pourraient l'emmener et le ramener aussi. Là où il se trouve, ce n'est qu'un chemin vicinal goudronné. Il lui reste deux bons kilomètres avant qu'il ne tombe sur le premier hameau. Lequel est déserté depuis bientôt cinq ans. Ce n'est pas que l'on soit au bout du monde mais très loin de tout, certainement. Un choix stratégique du père. A l'époque, il a roulé longtemps et s'est perdu beaucoup avant de tomber sur cette lande abandonnée. La caravane était déjà là. Il n'est jamais reparti. De l'histoire qui la hantait, personne ne lui avait jamais rien dit.

Ainsi, les alentours sont habités. Il suffirait à Pepo de dériver un peu pour être sauvé. De prendre un ou deux raccourcis. Tourner à droite sur le chemin de terre. S'enfoncer dans le bois du Vieux Baron, mort depuis dix ans mais dont le nom subsiste. Le vieux a légué toutes ses parcelles à la commune avec la consigne *de tout laisser en l'état*. Dixit : *Tant qu'il resterait encore quelqu'un de vivant, on ne vire personne.* Et du vivant, ce n'est pas ce qui manque dans le coin. Le père les connaissait bien.

Mais Pepo suit la route, Maitre Coq dans son sillage. Son TicTicTic régulier occupe le vide. C'est un drôle de duo qui chemine ainsi, dans le jour déclinant. L'enfant s'est adapté au rythme du volatile. À quoi bon aller vite si c'est pour s'arrêter toutes les deux minutes. Maitre Coq n'avance pas droit, lui. Il zigzague au gré d'une motte de terre, d'une feuille d'arbre, du moindre grain de rien du tout sur le parcours. Et c'est là, toute la magie de sa présence. Pepo qui l'attend, le houspille, l'appelle. Pepo qui oublie d'avoir peur alors que la nuit tombe et que la route n'en finit pas de tracer sa solitude. *Quand on a quelque chose à défendre, on se trouve du courage. Les bonnes causes font les bons guerriers* disait le père. Voilà ce que Maitre Coq offre à Pepo. Une illusion de bravoure. Et encore un peu de temps avant que la Ville ne les avale tout crus.

Quelle distance et pendant combien de secondes encore, tristes et amères, les jambes de Pepo font-elles le trajet avant qu'il ne trouve le temps long et monotone ? Avant qu'il ne marche par reflexe, sans conscience, abruti de fatigue, las de cette platitude, de ce goudron noir, plein de bosses et d'ornières. De ces nids de poules qui attirent Maître Coq comme un aimant. Dans l'un d'eux les restes d'un oiseau mort ont forcé Pepo à attraper Maître Coq et à le porter sur plusieurs mètres pour s'en éloigner. En d'autres circonstances, il aurait pris le temps de s'arrêter et de creuser un trou pour enterrer l'oiseau. Avec le père, il avait fait ça une fois ou deux. Pour un chat crevé et un œuf d'hirondelle, tombé du nid. Ça n'avait pas été solennel mais quand même. Le père avait expliqué que tout le monde, hommes et bêtes, avait le droit à cette dernière dignité. Qu'on devait cela à l'ordre des choses, au respect de la vie. Mais ça, c'était avant. Avant que le père ne demeure seul, tout nu, sous un édredon, sans personne pour l'enterrer.

Bien qu'aussi mort que cet oiseau crevé.

C'est ainsi que Pepo marche, sans prendre le temps de s'arrêter, tête baissée, buté sur une idée fixe. Trouver celui qui pourrait l'aider. Ce qu'il adviendra de lui par la suite importe peu. Pour l'instant, toute son opiniâtreté est tendue vers ce but. Faire vite, ne pas laisser le père plus longtemps seul. Et même s'il ne sait pas encore qui ou comment, il presse le pas. Honteusement coupable de ne pas avoir essayé par lui-même. De ne même pas y avoir pensé. Il aura fallu cet oiseau mort pour s'imaginer creuser un trou, tirer le père hors de la caravane, et l'y mettre. Sans croire un instant que ce serait facile. Ni même possible.

Est-ce pour cela que le hasard s'en mêle ? Devant un besoin si énorme, un cœur si gros et un corps trop étroit pour contenir autant de malheur. À moins que tout ne soit déjà écrit et qu'en prenant cette route, l'enfant ne fasse que confirmer son destin. Si pour l'heure, la question n'existe pas encore, en tout cas en ces termes et de façon consciente, plus tard et tout au long de sa vie, Pepo s'interrogera. Comme à chaque fois qu'il aura un choix à faire et que la vie brouillera les pistes, l'homme repensera à cette première fois où enfant, sans même réfléchir mais par élan du cœur, il s'est détourné du chemin. A priori tracé.

Ainsi donc, sans qu'il n'ait rien vu venir, bien qu'il l'ait fortement et intérieurement prié, la providence surgit devant Pepo. Portée par la souplesse de son vélo et un dérapage ultra contrôlé, elle stoppe à deux centimètres à peine de son visage. Deux grands yeux verts, en face à face, la pupille espiègle et le sourire qui va avec. Toute une forêt en plein soleil qui le regarde effrontément et sans la moindre peur. Enrobée d'une tignasse noir corbeau, longue comme son bras. Elya dans toute sa splendeur. Campée devant lui, muette. Coupée dans son élan. Qui n'a jamais rencontré le regard de Pepo, changeant à la minute même où changent ses pensées, nuancé par chaque émotion, ne saurait dire l'effet que cela fait. Il se peut que pour une fois Elya en soit désarçonnée. C'est dire qu'elle le regarde littéralement hypnotisée. Incapable de trouver ses mots et de prononcer la répartie qu'en temps normal, elle aurait su trouver. Qu'elle avait même préparée.

Pour Pepo, l'effet semble réciproque. Cette gamine qui le dépasse d'au moins une tête est comme une apparition. Il se retient de la toucher pour vérifier qu'elle est bien réelle, comme lui, en chair et en os. Bien sûr qu'il sait que ça existe les filles. En images, il en a vu. Mais en vrai, vivantes, haletantes, grimaçantes, ça n'a rien à voir. Il ne s'attendait pas à en voir une aussi vite, d'aussi près, presque à la nuit tombée, alors que lune et soleil inversent la ronde du temps et que même ainsi le vert forêt de ses yeux transfigure tout. Il faut toute la pugnacité de Maître Coq pour stopper cette rencontre achronique, quasi chimérique. Pour une fois qu'il était devant, le voilà qui doit faire demi-tour. À ce stade du parcours, il ne coqueline plus mais vient picorer les mollets de Pepo. Et heureusement, il sait y faire. D'un même mouvement, le regard des enfants s'abaisse et un fou rire les prend. Il fallait cela pour revenir à la réalité. Sans baisser les yeux en premier, sans perdre la face. Ils le sentent alors ils en rajoutent. Heureux de s'en tirer à si bon compte.

Mais pour Pepo c'est comme un tsunami le rire de la fille. On est loin des consonances rauques du père, de sa gravité brulée à la nicotine. Loin de ce qu'il a pu imaginer et ne jamais entendre. C'est un rire sonore et haut en couleur. Aussi joyeux et provocant que son regard. Un rire qui dévoile une voix nouvelle. Une voix qui n'a pas froid aux yeux et jette partout autour d'elle un savoureux écho. Une voix qui demande pourtant abruptement :

- *Ça ne serait pas toi le fils de Pedro ? Pepo ?*

Une voix qui devant le regard fou de Pepo s'impatiente et reformule sa question :

- *C'est bien son blouson que tu portes, non ?*

Dans les yeux de Pepo, c'est toute la palette des couleurs qui s'impriment dans un effarement muet. Entendre prononcer le nom du père, puis le sien, savoir qu'il porte son blouson, qu'on le reconnait alors qu'il y a quelques minutes à peine, il se croyaît seul au monde, c'est plus qu'il n'en faut pour stopper son rire et au prix d'un long et monumental effort, arriver à murmurer *Je pars*. Comme s'il n'y avait que cela à dire *Je pars*. Comme si c'était là l'unique réponse, ni oui ni non mais bien *Je pars*. Alors qu'à cet instant, entre chien et loup, exactement comme hier quand le père est tombé, la

lumière jette un drôle de voile et menace de disparaître, il répète :
*Je pars.*

Qu'est-ce qu'il pourrait dire d'autre ? Qu'est-ce qu'il racontera d'autre, plus tard ? *Je pars* pour dire le poids du corps, la brûlure du silence, la solitude, l'inévitable et le devoir. *Je pars* pour dire en un mot ce que mille ne sauraient révéler. Pour ne pas user le peu de force qu'il lui reste et d'un geste de la main montrer au loin ce qu'il laisse, en haussant les épaules. *Je pars* pour contenir la flotte qui d'un coup rend presque flou le visage de la fille.
Et le but de ce nouveau voyage.

Pour Elya, l'attitude du garçon est aussi visible qu'un nez au milieu de la figure Y'a comme un truc qui sent pas bon du tout et pourrait même la faire éternuer. Quoi, elle ne le sait pas encore mais aussitôt, elle abandonne sa posture altière et descend de son vélo. D'une voix qu'elle espère la plus calme possible, elle explique qu'elle vit là, juste à côté, que Pepo n'a qu'à la suivre, au moins pour la nuit. Que tout le monde sera très content de le voir. À ce stade, Pepo ne se pose pas la question de ce tout le monde et comment ou pourquoi. Il n'entend plus qu'une phrase sur deux, et suit la fille comme on se fait happer par une lumière au loin. Parce que comme dirait le père, *parfois, il n'y a que ça à faire. C'est le chemin qui t'indiquera là où tu dois aller.*

La suite est à l'avenant. Simple et spontanée. Comme si ces deux-là s'étaient trouvés, qu'il fallait que ce soit Elya qui le conduise au Clan et que tout le monde le reçoive. Parce que c'est ainsi qu'il se doit. Le père, c'était quelqu'un. Tout le monde le connaissait. Pepo aussi d'ailleurs. De loin. Y avait toujours quelqu'un pour jeter un coup d'œil quand le père demandait. Leur campement n'est pas si loin. Le père savait ce qu'il faisait en disant à Pepo, *si un jour il arrive quelque chose, alors prends la grande route.* Inévitablement, il tomberait sur quelqu'un du Clan. Et ça leur fait de la peine. Et beaucoup de débat. Pour le corps, l'enterrement et la suite. Il est minuit passé qu'ils en parlent encore. Une nouvelle tragédie. La seconde même si elle est différente. À croire que cette caravane est maudite. Après les deux frères qui étaient venus et qu'on avait retrouvés massacrés, le père. Mort d'un coup. À poil, tout seul, par terre. Sans raison. Si ce n'est peut-être son cœur trop lourd, trop fatigué, qui avait cessé de battre. Qui n'avait plus voulu forcer le destin mais qui, sûrement, avait dû lâcher dans un dernier juron. Lui qui aimait tant son gosse pourtant. Son gosse qui s'est endormi d'un bloc. Qui a tenu le plus qu'il a pu, les yeux écarquillés par ce qu'il découvrait, entendait, voyait. Qui a lutté, ébloui, abasourdi, stupéfié. Pas certain qu'il ait tout compris, Pepo. En moins de 24 heures, ça lui a fait comme une seconde vague, en plus de la première. Et même si celle-ci, aux antipodes du grand silence, est bruyante, colorée, multiple, elle n'en est pas moins violente, déconcertante. Ahurissante. La seule chose qu'il garde à portée de main, comme une certitude d'être encore un pied dans la réalité, c'est Maître Coq qui, on ne sait par quel miracle, a compris qu'il devait rester à proximité. Même s'il n'a plus rien à picorer.

Douze heures plus tard, Elya regarde dormir Pepo, se demande s'il va se réveiller. Il n'a toujours pas bougé.

Elle en est certaine, il a la même position qu'en s'écroulant sur son lit, recroquevillé sur lui, emmitouflé dans son blouson, tout habillé, son sac à dos dans les bras, serré contre lui. Comme un trésor auquel il s'accroche. Ou qu'il protège. Sorte de bouclier qui l'isole des autres, fait rempart. Elle l'observe et ça la démange de tirer çà et là, sur la lanière qui dépasse, un bout de manche ou même une mèche de cheveu. Ça commence à faire long. Cette nuit, elle a dû lui concéder son lit et donc dormir avec sa mère, ce qu'elle ne fait plus depuis des années et ne voudrait pas avoir à recommencer la prochaine nuit. Douze heures, c'est déjà bien assez non ? Même sa bestiole, qu'on aurait dit qu'elle le couvait comme une poule, a levé la garde. Maître Coq a trouvé à faire, a rejoint ses comparses. Ça tombe bien, leur coq à eux, ils l'ont mangé y a une semaine. Il le fallait avant qu'il soit trop vieux. Et que ce soit gâché. De nouveau le poulailler est au complet. Et les poules bien gardées.

Est-ce l'impatience féminine, la bonne odeur de barbecue, le départ de Maître Coq, l'envie d'uriner ou les quatre à la fois qui réveillent Pepo, toujours est-il que lorsqu'il ouvre un œil, la première chose qu'il voit et le scotche encore plus fort que la veille est le sourire de la fille, Elya, et le vert de ses yeux comme si elle abritait à elle seule tous les sous-bois du monde. En plein jour, c'est encore plus impressionnant. Une chose à laquelle il n'était pas préparé. Que le père n'avait jamais dite. Comme le Clan qui vit là. Le père cachait tout de même de drôles de secrets. À même pas deux heures de marche de leur caravane, des gens le connaissaient. Mais pas lui. Et ici, ce n'est pourtant pas la Ville même si ça y ressemble un peu. Ils s'entassent tous dans quatre caravanes, adossées les unes aux autres. Des hommes, des femmes, des enfants, un bébé, des vieux et même une tripotée de chiens. Et dans la tête de Pepo, toutes ces nouveautés se télescopent, lui qui n'a jamais vécu que seul, en tête à tête avec le père. Hier soir, il en avait presque le vertige. Trop d'informations, de bruit, d'émotions. Et ce midi, ça pourrait bien recommencer.

Mais au Clan, les habitudes ne sont pas à la sensiblerie. La vie, la mort, c'est un éternel recommencement. Dans l'ordre des choses. Chacun a son heure, son temps, sa place. Il suffit de le savoir. Et de vivre. Chaque jour après l'autre. Leur force à eux c'est la communauté, leur tribu, l'entraide. Pepo est inclus d'office. Le père n'était pas des leurs mais toutes ces années, il a prouvé sa loyauté. Mutuellement ils se sont protégés, entraidés. Le petit ne sera pas en reste. Ils se sont décidés. Des hommes vont rapatrier cette foutue caravane - peut-être que c'est le lieu qui est maudit et non la caravane - pendant que d'autres vont creuser un trou. Le petit s'y fera. S'il est de la trempe du père, il s'en sortira. Sinon, il s'en sortira aussi. Il le faudra bien.

Pour ce premier jour, la curiosité l'emporte sur tout le reste. C'est comme si Pepo avait fait un bond dans une autre dimension. Et qu'il doive tout réapprendre. Il n'a pas oublié le père mais il découvre ces autres-là, qui vaquent sans se soucier, absents presque tout le jour pendant que les femmes, les mères et même les grand-mères ont l'air, elles, de tout diriger. Ici personne n'hiberne, tout le monde a sa peine. Même les plus petits. À la veillée, le soir, ce ne sont pas des histoires qui se racontent, c'est la vie qui continue. Quand tout le monde se retrouve autour du feu et que chacun parle de sa journée. Aucune épopée ou grande bataille chuchotée, mimée, galvanisée par l'imagination et la prodigieuse mémoire du père. Mais le quotidien pur et dur de treize personnes. Qui travaillent au marteau, à la pioche, au burin. Qui se lèvent avant l'aube et partent en camionnette. Qui brodent, allaitent, font la vaisselle, la cuisine, la lessive, les courses, l'école, l'éducation. Qui coupent le bois, tisonnent le feu, lavent les sols, jettent un œil sur les plus petits. Qui font leurs devoirs et aident aux tâches ménagères. C'est Elya qui lui présente tout le monde, et lui explique, et lui apprend. Les mots famille, oncle, frère, cousin, aïeul prennent vie d'un coup. La hiérarchie et le respect aussi. C'est aussi et surtout quatre boîtes immenses, qui trônent dans chacune des caravanes et qui balancent en permanence de la musique, des films, des nouvelles du monde que Pepo scrute. La bouche ouverte et les yeux enfiévrés.

Est-ce à dire que cela pourrait aider à le sauver ? À canaliser sa colère, sa rage, son grand vide. Il se remplit d'images, de son, en boucle, à corps perdu, dans le seul grand interdit du père. Pour le punir, pour se punir ou pour les punir ? Personne n'a encore osé mettre le holà, stopper l'hémorragie. L'incident du deuxième jour est encore dans les mémoires. Et la culpabilité bien présente. Quand ils ont décidé de rapatrier la caravane, et donc de sortir le corps du père et de creuser sa tombe à l'emplacement vide. Quand ils ont mis Pepo devant le fait accompli, croyant bien faire, le protéger, lui offrir la solution clefs en main. Efficace. Et juste. Alors que le gosse parlait de la nuit d'hier, ils se sont aperçus que cela faisait au moins trois jours que le père baignait dans son jus. Trois jours avant que le gosse ne réagisse. Ils ont pensé qu'il devenait urgent d'agir. À la vue du père, au fond du trou, habillé d'un costume qu'il ne connait pas, les bras en croix, sans regard, dans sa première décomposition et les relents flottants de pourriture, Pepo s'est agenouillé et s'est penché pour regarder. Il lui fallait être sûr. Voir pour croire que c'était bien fini. Et peut-être aussi pour vérifier que c'était bien lui. Mais au-delà des yeux fermés et de son bel habit, le lent processus de décomposition était à l'œuvre et quand Pepo a vu des vers grouiller sous son nez, à la surface du corps, il a tout simplement vomi. Droit devant, directement sur la dépouille du père. La honte qu'il éprouve encore, trois jours après, se mélange à la colère, à la tristesse, à la culpabilité, à l'effroi, à la violence et à un immense sentiment d'injustice. Il a beau s'abrutir, laisser sa tête se faire avaler par la grande boîte à images, au-dedans rien ne le détourne du chaos qui s'est emparé de lui. C'est à peine s'il consent à manger, à parler, à se laver. Il est là sans y être. Absent aux autres comme à lui-même.

C'est la mère d'Elya, Isabella, qui, au quatrième jour, trouve la solution. Elle a bien vu que, quoi qu'il se passe, et quelle que soit l'heure, Pepo ne quitte pas le blouson du père. Comme si c'était là toute la survie qui le tient debout et habille son malheur. Alors, tout en douceur, après le repas du midi, quand le campement est calme, les plus jeunes et les aïeux à la sieste, les enfants à la classe avec Elya, les hommes pas encore rentrés, elle s'approche de Pepo et lui propose de la suivre. Comme si la chose était acquise, naturelle et d'autorité, elle accompagne sa demande en glissant sa main dans celle de Pepo. Une main douce et ferme autant que rugueuse et forte, qui l'enveloppe et le soulève presque de là où il était assis. C'est comme une décharge dans le corps du garçon. Comme un court-circuit. Aussitôt, dans un réflexe apeuré, il tente de se dégager. Mais la poigne d'Isabella est solide, constante, aguerrie. Elle tient bon et l'enfant se lève. Surpris autant que contraint. Ensemble, arrimés l'un à l'autre, ils traversent le camp et bientôt se retrouvent sur la route. Celle d'où il est venu. Qui mène à la Ville comme au père, quand Elya a surgi devant lui. Un seul virage et il comprend sa destination. Quelque chose se raidit en lui. Il voudrait se rebeller, lui échapper et pourtant il continue à la suivre. Cette main dans la sienne, c'est aussi une chaleur inconnue. Rien à voir avec la poigne du père. Même s'il sent la force et la volonté dans chacun de ses doigts, il émane une douceur, un enveloppement comme il n'en a jamais connu. A sentir Isabella si près de lui, il peut respirer son parfum aussi. Une odeur poivrée qui le ferait presque éternuer, qui lui chatouille la narine et le fait se sentir drôle. Quelque chose est en train de se passer qui le dépasse, qu'il découvre et que pour rien au monde il ne voudrait arrêter. Alors il la suit. Même s'il a compris où elle le mène, même si toute son âme refuse et panique. Dans son corps, une nouvelle digue est en train de céder comme si dans le prolongement d'Isabella, il ne s'appartenait plus.

Isabella, c'est à peine 31 ans de vie inscrits dans chaque minuscule ridule, cachés derrière de grands yeux noirs mais trahis par plus de cheveux gris qu'il n'en faut pour se faire appeler Mamé. Elle n'a jamais vécu que pour et par la communauté. Sa mère et la mère de sa mère, bien avant, aussi. Ça fait déjà neuf ans et demi qu'ils se sont installés là. Un mois avant la naissance d'Elya. Son mari avait trouvé à travailler pour le Vieux Baron. Quand l'homme est mort, ils ne sont pas partis. Quand trois ans plus tard, son mari Georgio s'est tué net, en chutant du faîte d'un toit, ils ne sont pas partis non plus. C'est à partir de là, que d'un coup, sa tête a blanchi et que tous, adultes compris, l'ont rebaptisée Mamé. À croire que ça y était, elle entrait en vieillesse. Jusqu'à maintenant, elle avait laissé faire. Et pourtant, il se peut qu'ils ne partent plus jamais. Tant que la parole du vieux sera respectée et que les hommes continueront à trouver où louer leurs forces et leur courage, sûr ils resteront. Le bois du Vieux Baron est un îlot protégé, en pleine nature, avec ce confort propre aux gens qui ne demandent rien de plus qu'on les laisse vivre à leur façon. Et de fait, Isabella ne s'est jamais plainte. C'est la seule vie qu'elle connaisse. Et qu'elle aime. Quand elle voit à la télé ce que le monde inflige à ses semblables, elle sait que leur façon de vivre n'a rien à envier à personne. Il ne leur manque rien, à eux. Ils savent se réjouir d'être ensemble, solidaires, unis, le cœur, l'âme et le frigo remplis. Le décès de son mari, Georgio, a été sa plus grande fracture. Une sorte de béance qu'elle a mis des mois à apprivoiser. Qui lui fait encore de grands courants d'air et des larmes à chaque pleine lune. Que la détresse du gamin vient de raviver comme si c'était hier.

Les hommes ont voulu bien faire et certainement qu'ils ont bien fait. La mort c'est la mort, dans l'ordre des choses, ni plus ni moins, mais pour Pepo, c'est différent. Le père, comme il le nomme, c'est tout ce qu'il avait. Et s'il a mis trois jours à réagir, croyant n'en vivre qu'un, c'est que le choc a dû être abyssal. Il n'a pas derrière lui une communauté ni même une mère comme avait Elya à la mort de son père. Ils ont fait ça à leur façon qui ne peut pas être celle de l'enfant. Elle a bien vu comme le corps de Pepo, au bord de la tombe, a refusé l'évidence. Son idée, c'est de le ramener là où tout a commencé et fini pour lui. En gardant sa main serrée dans la sienne.

Aussi longtemps que nécessaire.

Ce n'est pas grand-chose mais c'est là. Chaud, doux et ferme à la fois. Solide et ancré. Il sent bien que ses genoux fléchissent, que la vague monte, que ses yeux piquent, que sa glotte baigne de flotte mais il tient bon, grâce à elle ou par elle. Isabella. De par cette main déjà qui a surpassé le regard de sa fille. Dont il sait déjà qu'il en tirera la sève et l'espoir de continuer à vivre. Il n'y a plus de trou, rien qu'un monticule de terre mouillée. Elle a posé un pot de fleur sur la terre. Elle dit qu'avec un peu de chance et les derniers soleils d'hiver, ça poussera. Qu'ils reviendront voir. Que maintenant c'est affaire d'énergie, entre la vie et la mort. Que les hommes n'y peuvent rien. Qu'il n'y a rien à regretter. Juste laisser faire le temps. Elle dit d'autres choses encore, comme on chuchote ou comme on se confesse. Sur la douleur et le partage, sur la force du souvenir. La mémoire. Les leçons. Sur un certain Georgio et qu'ils doivent être bien contents de se retrouver. Jamais les derniers pour boire le coup. Elle parle doucement, en regardant ses pieds, comme si elle s'adressait au père, à ce qu'il reste de lui et à tous les autres. Nous naissons tous de quelqu'un qui sera mort un jour. C'est un cycle. Une aventure. Rien d'autre. Et elle répète, une aventure. Elle sait que le gamin écoute. Elle ponctue ses phrases en même temps qu'elle pétrit sa main. Comme si elle voulait confier un secret. Ou sceller un pacte. Et petit à petit, les larmes coulent enfin sur les joues de l'enfant. Ça sort tout seul, il ne les retient pas. C'est une sorte de réponse, la sienne. Pour tout ce qu'il ne dit pas. Qu'il ressent. Et qu'il partage. Alors elle s'arrête de parler, elle lui laisse le temps et comme ses mots à elle, la flotte peu à peu se tarit. Ils restent là, transis de froid, soudés. Plus rien ne bouge. Ni le vent. Ni les nuages. Ni le jour. Ni la nuit. Tout est remis à l'air, au brouillard, à l'humidité, à l'errance. Au jour nouveau.

Et voilà qu'Elya, déjà, n'existe plus. Il l'a suivie parce que c'était un signe. Stupéfait, abasourdi. Ses grands yeux verts et son rire en cascade ont ouvert le chemin mais c'est Isabella qui l'a refermé. En une après midi. Doigts pétris. Force transmise. Pepo ne saurait rien faire d'une possible sœur quand cette autre magie existe. Une femme ? Une mère ? Un graal ? Aussi dans les jours qui suivent, rien de miraculeux à ce que l'enfance reprenne le dessus. A ce que la force domine la faiblesse. À ce que le transfert opère. De plus, Pepo est fait du même bois que le père. Et de toutes les histoires racontées. On rend hommage aux morts en restant vivant, en continuant le combat. On honore la mémoire par le fait même de rester debout et de ne rien lâcher.

Dès le lendemain, il retourne, seul, devant sa tombe. Une unique nuit de gel et déjà la plante d'Isabella a mauvaise mine. Pas vraiment le genre du père en plus. Pepo a en tête de lui trouver un symbole à sa mesure. Que le temps et les saisons ne mortifieront pas. Le rocher auquel il pense est là où il est depuis qu'il est en âge de s'asseoir dessus. Lourd, compact, imposant. Aucune chance qu'il arrive à le faire rouler tout seul et pourtant, il va essayer. Toute la journée. À suer jusqu'aux os. À s'écorcher les mains. À insulter le bon Dieu. Il va essayer jusqu'à croire le voir bouger d'un millimètre et recommencer. Autant de fois que de millimètres gagnés. Tout le corps en poussée jusqu'à sentir ce moment, où ça y est, l'extraction est faite. À un endroit, par en-dessous, la pierre s'est décollée du sol. Elle a cédé. Ce n'est plus question que d'obstination. À genoux, sur le flanc droit, puis le gauche, les épaules meurtries, les mains gelées, couvert de boue, il trouve enfin le bon angle, la bonne façon, le bon dénivelé. Comme s'il existait une légère inclinaison qui permette de la déhancher centimètre par centimètre. Sur presque cinquante mètres. Jusque sur le monticule de terre. Au niveau de la tête du père.

Maintenant l'endroit est sacré et le père protégé.

Est-ce ainsi que naissent les héros, les preux chevaliers, les pharaons, les élus, les anges et pourquoi pas les dieux ? Quand à la force d'une main solennelle, on érige une stèle, dans un désespoir orphelin, selon des croyances qui se mélangent. Avec toute la sidération de ce qui n'a pas été encore compris, digéré, accepté. Le corps maculé de terre, baigné de larmes.

Est-ce ainsi que se créent les légendes ? Quand les hommes tombent prématurément, en plein élan d'amour, alors qu'ils sont à la tâche, à tenter de croître encore, à hauteur d'enfant. Le cœur pourtant banni dans leur dernier souffle.

Qui a décidé que le père avait épuisé sa réserve de foi, d'innocence, de courage pour porter fardeaux et raisons de vivre ?

Est-ce ainsi que le diable prélève toujours sa part ? Sans crier gare.

Et Pepo, à présent, qui découvre ce qu'il en coûte d'avoir à porter cette absence. Comme si le soleil s'était effacé, que tous les nuages lui soient tombés dessus et qu'un brouillard immense l'ait enveloppé. Comme si sa vie n'était que souvenirs, passé, effort de mémoire. Comme si le père était devenu un géant qui prenait toute la place, l'assaillait sans cesse, ne voulait plus le lâcher. Comme si sa vie d'un coup ne lui appartenait plus mais appartenait à l'ombre du père. Superposée à la sienne. Le père, continuellement attaché à ses basques, présent sans cesse, partout. Lui serinant les mêmes choses qu'autrefois mais sans répit. Le père qui ne part plus jamais au travail, qui ne laisse plus jamais Pepo seul. Omniscient à chaque seconde. Devançant ce que Pepo souhaite faire, veut faire, pense faire.

C'est un lourd tribut à payer, Pepo le sait. Chaque guerre a ses victimes. Et ce ne sont jamais les morts - *tu penses les pauvres, là où ils sont, ils ont déjà tout oublié* - mais ceux qui restent et qui portent la croix et toutes les réminiscences engrangées sans même qu'ils s'en aperçoivent. Il suffit d'un parfum, d'une couleur, d'un geste *et le cœur te recrache tout ce par quoi il est passé.* Et ça n'en finit pas de devoir crever toutes ses bulles de bonheur, une à une, il faut encore que passe le temps, qui lui n'est pas pressé. Qui se repait de souvenances en les déformant. L'idéal n'est jamais loin. Le père à lui tout seul en devient un mythe. Pepo en oublierait presque que le père partait souvent, qu'il avait la rogne facile, et la bouteille solidaire. Qu'il pouvait passer des heures à lui faire répéter ses mathématiques, son alphabet, ses temps de conjugaison, toutes les capitales du monde et les départements français. À ne jamais lâcher l'affaire et à lui expliquer en quoi la vie ne faisait pas de cadeau aux ignorants. *Parce que l'ignorance, c'est la servilité en bout de corde. Et qu'il ne faut jamais croire que la corde est assez longue.*

Au fil des semaines, pourtant, Pepo s'habitue. C'est un pli à prendre. Une nouvelle mécanique à maîtriser. Le père est là. Sera toujours là. Point final. La peur de dormir seul dans la caravane est remplacée par un élan de fierté. Il n'a pas vaincu l'ombre mais il l'a acceptée. Quelque part sur le lino existe un espace où le corps du père demeure allongé pour toujours. Comme si le poids de la mort avait laissé son empreinte, s'était incrusté dans le sol, jusqu'à disparaître et réapparaître d'un seul clignement d'œil. Parfois l'envie de se coucher dessus est tellement forte que Pepo affale son corps comme l'était celui du père, ventre à terre, bras et jambes écartés et il attend. Il écoute. Il espère. Comme rien ne vient, pas même une pensée bizarre ou un signe quelconque, il finit toujours par se relever et partir en claquant la porte. Le père faisait souvent ça quand il était plongé dans ses pensées depuis un long moment. D'un seul coup, Pepo ne savait pas pourquoi, il se levait et il partait en claquant la porte. Quand il revenait ça allait toujours mieux. Pour Pepo c'est pareil. À l'instant de claquer la porte, en même temps que de se sentir fort, il ressent une libération qui, pour un moment, apaise sa colère. Ou sa peine. Ou son manque.

Pepo ne sait jamais ce qui domine le plus.

Il est le seul enfant du Clan à vivre ainsi, unique maître à bord. Quasiment autonome. La communauté veille mais ne force rien. Un gamin ça pousse presque tout seul. Quand ça tombe, ça se relève. Quand ça a fini de tomber, et que ça tient debout, ça apprend à escalader. Ça tombe encore et ça recommence. Et ainsi de suite. Ils ne feront pas plus pour Pepo que pour leurs propres enfants. Pas moins non plus. Il a sa place à présent. Comme eux tous. Un jour il sera en âge de travailler et il pourra choisir.

Rester ?

Ou partir ?

Isabella le regarde aller et venir. Depuis qu'elle l'a conduit sur la tombe du père, il se tient à distance. Tout le monde sait qu'il a passé la journée suivante à pousser un rocher. Tout le monde sait qu'il s'y rend au moins une fois par jour. Il reste là, à scruter l'invisible puis il repart. À chaque fois, il en profite pour rapporter quelque chose. Le casque, les sacoches du père, une vieille chaise, une palette, un vélo sans selle, des bricoles. Il ne demande rien à personne. Il fait ses allers et retours méthodiquement. Comme s'il apprivoisait un chemin, un lieu, une nouvelle manière d'envisager l'avenir. Il reconstruit son habitat. Déplace. Remplace. Réorganise. Installe. Permute. Et brûle. Même Elya, qui a voulu intervenir, n'a pas réussi à l'en empêcher. Tous les vêtements du père ont fini dans le feu ainsi que l'édredon. Et pourquoi pas, a pensé Isabella, même si elle-même est encore incapable de toucher quoi que ce soit aux affaires de son mari, chacun doit pouvoir faire son deuil à sa façon. Ce gosse a bien plus de courage qu'elle.

De courage et de force.

Pour Pepo, nulle hardiesse à cela. Il veut juste bien faire. Dans sa tête, les mythes et légendes se confondent un peu. Il sait qu'il doit honorer le père. Lui offrir une sépulture à sa hauteur. Brûler toutes ses affaires. Il est content d'avoir réussi là où Sisyphe a échoué. Même s'il n'a pas eu à grimper une montagne, il est sûr d'avoir vaincu les enfers. Il sait que le rituel du feu sacré nettoie jusqu'à l'au-delà. Et ça tombe vraiment bien. Car jamais il n'aurait pu redormir sous l'édredon. Pour le blouson, le casque, la Guzzi, c'est autre chose. Le père avait dit *un jour ça sera à toi.*

Il n'avait pas précisé quand.

Quant à Elya, elle est partagée entre l'agacement et la curiosité. En quelques jours ce gamin est de toutes les bouches, de toutes les préoccupations et pourtant c'est elle qui l'a trouvé. Elle qui l'a sauvé. Il ne semble même plus s'en souvenir. Ne lui adresse quasiment jamais la parole. Affairé à faire de sa caravane, La Caravane. Il a presque deux ans de moins qu'elle et déjà il habite seul. Il n'a ni l'air ni la chanson de s'en faire plus que ça. À croire qu'il est bien ainsi. Plus farouche et libre qu'elle. Elle, qui depuis la mort de son père se faisait un défi d'être encore plus sauvage, rebelle et têtue que de son vivant, elle a trouvé une sacrée concurrence. Et ses yeux qu'on dirait un ciel de toutes les saisons. Pas croyable comme ils sont changeants. Presque à la seconde. Comme s'ils avaient une couleur pour chaque situation.

C'est ainsi que jour après jour se construit la nouvelle configuration du Clan. L'enfant est là, qui se fond dans le paysage. Qui prend le temps de s'installer. Et doucement trouve sa place. La prend. En offrant son aide comme les autres. À la hauteur de ses mêmes pas huit ans. Mais qui, si quelqu'un pouvait en faire la comparaison, dirait qu'il ressemble fortement au père. Se contentant de ce qu'il a, sans chercher de préférence, ni à nouer de lien. Le plus souvent seul. Déjà bien campé dans ses positions. Dans ce qu'il veut ou ne veut pas. Tellement peu habitué au bruit et à la multitude que chaque soir, il écoute en silence mais ne participe pas ou peu.

Il les regarde tous, un par un et il apprend.

Évidemment il y a Isabella et Elya, mère et fille qu'on dirait la même personne si ce n'est l'âge et la couleur des yeux. L'une l'a sauvé de la grande route qui mène à la Ville, l'autre de la folie de la boîte à images. Les deux grands fléaux du père. Il en ressent comme un attachement particulier. Il aime que leur caravane soit tout à côté de la sienne. Qu'Isabella fasse ce que le père faisait pour la nourriture, les affaires, le souci du quotidien. Il devine que c'est ce que font toutes les mères. Et ça lui fait de plus en plus souvent comme un grand pincement au cœur. Il aimerait qu'elle lui reprenne la main, encore une fois, et qu'elle l'emmène quelque part. Seulement tous les deux. Avec sa voix qui chuchote les choses simples de la vie. Qui ramène la paix et lui chatouille le ventre. Elle a cette façon d'être près de lui, sans y être, tout en y étant. Il ne comprend pas comment elle fait mais il la ressent de la même façon qu'il porte la présence du père en lui. Ça l'intrigue autant que ça l'émeut. Avec tous ces chambardements, la flotte n'est jamais loin, prête à déborder. Alors pour l'instant, il se tient encore à distance.

Avec Elya, c'est autre chose. Passé la surprise de la découvrir sur son chemin, une distance s'est installée. Une fille au fond c'est comme un garçon sauf que ça a les cheveux longs, très longs et aussi que ça parle. Beaucoup. Trop. En tout cas Elya, qui, de deux ans son aînée, aurait bien des choses à lui apprendre. Pour Pepo, ces mots-là font du bruit. Il n'est pas habitué. Le Clan c'est déjà beaucoup de parasitage. Lui qui n'a connu que le silence d'attendre le retour du père, puis le silence de sa chute, c'est une écoute impossible. Et plus elle l'approche, plus il s'enfuit.

Avec les autres, c'est plus facile. Ce sont des familles constituées. Deux couples, quatre enfants, un bébé et deux aïeux répartis dans trois caravanes. Pour qui il ne ressent rien de particulier, vers qui il peut aller sans confusion. Il sent qu'il n'y pas de brèche chez eux, pas de trou, pas de manque, pas de grand fond à combler. En tout cas, pas de ceux dans lesquels il pourrait trébucher. Il y navigue à vue mais sans se perdre. Avec eux, le mot famille prend sens. Même si toute la communauté l'est en soi, il sent bien une différence pour ces onze-là. La hiérarchie fortement marquée avec le respect que l'on doit aux uns ou aux autres. Qui est égale mais quand même pas de la même égalité selon l'âge ou le sexe. Et ce bébé, Esteban, dernier-né, crevette comme il a dû l'être, qu'il regarde comme s'il se découvrait au même âge. Pour qui les mots du père font enfin sens. Ainsi il a été petit, fragile, affamé, braillard, souriant. Ainsi il est né d'une mère parce que tous les enfants sont ainsi faits.

Ou pas ?

Car de contempler la femme et le bébé ne lui évoque rien. On dirait pourtant que ni l'un ni l'autre ne peuvent vivre séparés. Autant la mère, Carmen s'en occupe, autant le père, Paolo s'en désintéresse. Tout l'inverse de ce qu'il connaît. À moins qu'il ait oublié, que le père ne lui ait pas tout dit. Quoi que fasse Carmen, elle porte le bébé sur elle, un sein prêt à jaillir à tout moment. Et quand elle le regarde, c'est comme si plus rien d'autre n'existait, comme si toute sa vie en dépendait. Sauf peut-être ce jour, où voyant Pepo une fois de plus les observer, elle lui offre de le prendre dans les bras. Comme ça, d'un coup, en une volte face, elle le regarde et lui tend l'enfant. Comme si elle voulait s'en débarrasser et qu'elle acceptait de lui donner. Surpris, Pepo voit dans ce geste, un acte brusque, déroutant.

Et aussitôt s'enfuit.

Et puis, au milieu de cette avalanche de bruits nouveaux, Pepo découvre la musique. Un son entre tous, inédit. Des tonalités que le père n'avait jamais partagées. À croire qu'il n'a jamais chanté, alors qu'ici, de jour comme de nuit, il y a toujours un homme pour prendre sa guitare. Des mélopées tristes et amères. Des airs enjoués et rythmés. Des mots qui te rentrent dans le corps, des sons qui te percutent l'âme. Tout le clan qui se réunit et qui danse ou qui chante ou simplement écoute. Et de la tête aux pieds, ce sont des hordes de flotte qui te secouent les tripes et l'estomac. Du plus profond de la nuit, Pepo est certain que les arbres se pâment et que les étoiles pleurent aussi. Et le père, pareil, tout fort qu'il était et mort qu'il soit. Ça murmure parfois dans une langue qu'il ne comprend pas mais qu'il perçoit comme un coup de fouet ou une caresse. Ce n'est plus seulement de la musique c'est toute l'histoire du monde qui, certains soirs, se réécrit en agitant les grandes feuilles de l'Arbre à Feuilles.

Et enfin et surtout, il y a Rigolo. Une boule de poil noir et fauve, pleine de moelleux et de jappements « rigolos » selon Pepo, qui de fait, l'a baptisé ainsi. Un berger allemand mâle, aussi gros qu'une noix de coco à la naissance qui a déjà triplé son poids et assis son territoire. Le plus souvent entre les jambes de Pepo ou à ses pieds quand ce n'est pas dans ses bras. Le seul survivant d'une portée de cinq chiots. Pepo sait que les quatre autres ont été tués. Que le clan n'en garde qu'un à chaque portée. Il a été ému et fier de recevoir ce cadeau. Ce jour-là, il s'est senti inclus, presque comme eux, plus vraiment seul. Évidemment, Rigolo ce n'est pas le père mais tout de même, c'est chaque jour du chaud, du doux, du tendre.

Quelqu'un qui, dans la nuit, continue de ronfler à ses côtés.

Tous ces apprentissages, ces découvertes, ces changements, c'est beaucoup de mouvements pour un hiver. Alors que Pepo devrait fouir sous l'édredon et se comporter à l'identique d'une marmotte, tous ses sens sont en alerte. Une autre vie, d'autres codes, des dizaines d'interactions journalières, ici la vie n'est jamais totalement immobile comme avec le père. Peut-être un chouia ralentie mais certainement pas immobile. C'est impossible. Quatorze personnes dont lui, c'est beaucoup de bruit, d'agitations, de va-et-vient. Et de sollicitations. Ça lui filerait presque de la flotte dans les yeux en permanence tout ce qu'il apprend à faire qu'il ne peut pas raconter au père. Que ce soit les mères, les hommes ou les aïeux, ici personne n'hésite à demander un coup de main. Il a beau être un gamin, en quelques jours, il est déjà monté sur le toit d'une caravane, a aidé à égorger un poulet, a balancé de l'essence sur un feu qui avait du mal à prendre, a vu une chienne accoucher et entendu plus de gros mots qu'il n'arrive à en retenir. D'usage, rien n'est épargné, caché ou soustrait aux regards et à l'ouïe des enfants. Ils sont préparés à la vie telle qu'elle est. L'âge n'a rien à y faire. Tout sera su un jour, autant que ce soit quand ça arrive. Même ce qu'il entend la nuit et qui provient de la caravane des couples. Pour ça, et d'autres choses, souvent il demande à Elya et Elya explique. Avec ses mots, en en rajoutant un peu. Moitié par vantardise ou par provocation et moitié pour se venger. Ce n'est pas qu'elle lui en veut d'être de toutes les attentions, c'est surtout qu'elle aimerait conserver sa place. Elle le sent bien qu'avec lui, ici, les choses ont bougé. Elle est certaine que son regard y est pour quelque chose. Il est comme un aimant, une fascination. D'une façon ou d'une autre, chacun veut le voir, l'approcher. Il y a chez tout le monde une sorte d'impatience à s'apprivoiser le gamin. À se l'attacher. Et ça n'a rien à voir avec le père. Avec la loyauté qu'ils lui doivent tous. Ou alors elle ne sait pas tout et c'est comme un secret, qui une fois sur deux, l'énerve.

En substance, ce que le Clan n'a pas su faire du temps des deux frères, à savoir fermer sa gueule et laisser la vie continuer comme si aucune caravane n'avait atterri là un jour, il le rend au centuple à Pedro et son fils. Comme une réparation volontaire. Une façon de se soulager d'un poids morbide. D'une culpabilité dont il n'est même pas sûr qu'elle soit justifiée mais comme personne ne sait vraiment pourquoi ni comment les deux frères se sont fait égorger, le Clan paie. Au cas où. Et il paiera longtemps encore. Car, quand même, ça ne peut être que leur faute, même involontaire, que l'un d'eux, un soir, en ville, a parlé. Trop parlé. Au lieu de se taire. L'un d'eux a dû dire que ces deux-là étaient arrivés, sans qu'on sache qui ils étaient, à priori pas français, de surcroît étrangers. Un verre de trop et les mots ont couru jusqu'aux oreilles des agresseurs. Sans que l'on sache les rattraper puisque personne ne se souvient les avoir dits. Et pourtant. Deux mois après, c'était fini. Une vraie boucherie. Alors quand Pedro est arrivé, Pepo en bandoulière, ils n'ont rien dit. Même pas entre eux. Ils les ont laissé s'installer. Quand Pedro a fini par venir les voir, ils n'ont rien demandé. Tout le monde a des secrets et cette fois, ils feraient gaffe à le préserver. Quoi qu'il cache dans ses tripes. Surtout avec un petiot si minuscule. Et le père ça se voyait qu'il aimait le fils, que toute sa vie tournait autour de lui et qu'il aurait vendu son âme au diable pour le protéger. Quelque fois il leur avait demandé de jeter un œil et eux, à chaque fois, ils en jetaient au moins quatre. Pour être certains que rien n'arrive. Que plus rien n'arrive jamais. Alors maintenant que Pedro est mort, c'est pareil. Sinon plus. S'il faut mettre tous les regards du Clan sur Pepo, ils le feront. C'est leur loyauté qui est en jeu.

Pour Pepo, c'est une effervescence quasi ininterrompue. Il engrange cette nouvelle vie comme un ventre affamé lèche le fond d'une gamelle. Sans croire qu'il ait loupé quelque chose ou que le père lui ait menti. Simplement par curiosité, avec cette énergie de la survivance qui se jette à corps perdu sur tout ce qui pourrait l'éloigner du malheur. Ou du souvenir. Il s'adapte avec joie aux nouvelles technologies. La lumière qui vient de l'électricité, les toilettes en dur et l'eau qui coule toute seule au robinet. Cette idée du Vieux Baron d'aménager des blocs sanitaires dans les parcelles destinées à l'époque, aux gens du voyage, est une révolution pour Pepo. C'est pourtant tout à fait rudimentaire, sans confort ni chichis mais face à la cuve d'eau glacée qu'affectionnait le père, le tout bougie et le 100% habitat naturel, il sent qu'une étape vient d'être franchie.

Il découvre, aussi, qu'en plus des quatre saisons qui rythment la vie des hommes et des bêtes, existe un calendrier dans lequel sont inscrits des dates, des anniversaires, des fêtes dont l'une d'elles va finir de bouleverser ses repères. Noël. Où il est question de sapin, de décorations, de musique, de chants, d'un grand repas et de cadeaux. Tout ce que le père et lui faisaient au premier de l'an pour célébrer la nouvelle année sans pour autant qu'il ne soit question de sapin, de père Noël, de Dieu, d'ange, de petit Jésus, de crèche et d'une messe à laquelle tout le monde se rend le soir même dans l'église du village. De l'autre côté du bois. À trente minutes de route.

Ce n'est pas encore la grande Ville, tout juste un bourg mais le vertige est là. Une unique rue, illuminée en pleine nuit, un immense sapin sur la place centrale et une crèche avec des sculptures presque grandeur nature, *qu'on aurait dit qu'elle était habitée pour de vrai* dira plus tard Pepo, assis sur le rocher du père. Des vitrines qui clignotent en continu et plus de nourriture sur les étals qu'il en a vue en sept ans. Un coiffeur, une banque, un bureau de poste, une mairie et des tas de petites et grandes maisons serrées, les unes contre les autres. Il voudrait prendre le temps, s'arrêter devant chacune d'elles, voir au-delà des portails, des grandes baies vitrées, des escaliers mais il entend Elya et les autres qui le pressent et le tirent par la manche. La cloche a fini de sonner, l'église sera bientôt pleine, ils vont devoir rester debout, tout au fond, comme à chaque fois. Parce que déplacer le Clan complet est toujours un défi et lorsqu'ils le réussissent, ils le payent d'un retard qui leur laisse toujours la mauvaise place. Dès qu'ils décident de se rendre quelque part, tous ensemble, c'est pareil. Ils traînent systématiquement avec eux une demi-douzaine de chaises pliantes. Au moins pour les aïeux, les femmes et les enfants. Et comme à chaque fois, ce branle-bas de combat, chaises dépliées, vieux, femmes et enfants assis, se remarque plus que leur retard.

C'est une église rurale, toute simple, d'une grande sobriété, dotée d'une ornementation minimaliste. Elle possède cependant un imposant clocher de forme carrée, surmonté d'une croix et coiffé d'une toiture en ardoise à quatre pans. Percé par deux baies campanaires en plein cintre, il abrite deux immenses cloches. La hauteur de plafond et l'écho quand l'orgue se met à jouer obligent Pepo à se casser le cou pour déchiffrer d'où vient le son. Il ne comprend rien au chant et aux signes qu'il faut effectuer mais la musique qui remplit l'espace, dont il a l'impression qu'elle monte jusque dans les cloches avant de redescendre dans ses oreilles, ça c'est une vraie fascination. Elle le cajole d'avoir, depuis une heure, sous les yeux, un homme crucifié pour lequel il ne peut rien faire. Il y a des siècles que c'est trop tard mais l'effet est là, presque en temps réel. Il le sent dans ses propres membres. Ça lui fait un mal de chien. Cette statue est d'un tel réalisme, rien à voir avec les images des livres. Il imagine la force des hommes qui ont dû le soulever, le maintenir et celui qui a tapé et tapé et tapé encore pour faire rentrer les clous. D'un seul coup, c'est comme s'il avait quitté son corps. Il est à des milliers d'années en arrière et il serre la mâchoire à s'en faire péter les dents. Parce que c'est ainsi que Jésus a dû réagir. Sans aucune flotte pour noyer sa souffrance. Mais juste un fabuleux courage. À moins que tout ceci ne soit qu'une fable. Encore une de plus, encore une de trop. Dont le père dirait *qu'en plus d'avoir assujetti le courage des hommes, elle les avait rendus idiots et irresponsables.*

C'est un drôle de combat que Pepo livre aux ombres depuis la mort du père. Il y a tout ce que ce dernier lui a dit, inculqué, raconté, mimé et ce qu'il réalise abruptement, jour après jour, au milieu du Clan. Parfois, il se sent comme écartelé entre ce qu'il sait ou a su et ce que la curiosité le pousse à expérimenter. C'est dans ces moments-là que le père lui manque le plus. Il voudrait savoir quoi faire de tout ce qu'il apprend. Qui et que croire ? Jusqu'où aller ? Sans lui être infidèle. Encore moins le trahir. Quoi que Pepo découvre à présent, il voudrait pouvoir se tenir digne et droit devant la mémoire du père. Qu'importe qu'il soit mort et qu'en récompense, il ne puisse plus le sacrer d'une fausse épée de loyauté ou qu'il ne puisse plus lui remettre en mains propres le fabuleux code d'honneur des héros légendaires et même que plus jamais il ne fasse un pacte de sang en signe d'allégeance. Pour Pepo, c'est pareil. Vivant ou mort, les préceptes du père sont partout inscrits en lui et la valeur qu'il leur donne n'a d'égal que la grande main tatouée qui venait se nicher entre son cou et sa joue quand tout était dit et qu'il était enfin l'heure de dormir. Pour cet instant et la certitude que si c'était à refaire, le père le referait, Pepo fera ce qu'il peut pour ne jamais rompre leurs pactes. *Croix de bois, croix de fer. Halte les enfers.*

Des formules comme celle-là, Pepo en a plein la bouche. Elles viennent à lui sans effort, chaque jour que le père est absent. Y penser, c'est tenir le fil de leur conversation, encore un peu. C'est refuser l'oubli. Comme si tous les gestes du quotidien étaient issus d'un souvenir inextricable qu'il se doit d'honorer encore et encore. Même si ça brûle au fond de la gorge, que ça pique les yeux, que ça transperce le cœur. C'est comme impossible de faire autrement. Ça ferait presque comme une seconde peau à laquelle il n'aurait pas pris garde mais qui se serait collée contre lui toutes ces années. À moins que ce ne soit l'inverse ? Car qui du père ou de Pepo hante l'âme de l'autre ? Sept ans qu'ils ne faisaient qu'un. Le père pour Pepo c'était le jour et la nuit, le bruit et le silence, le rire et la rogne, l'appétit et le sommeil, la soif, l'ivresse, l'odeur de cigarette, des milliards de mots en épopée. C'était mille personnages en un. Un monde entier qui emplissait sa bouche, ses yeux, ses mains. Qui soulevait Pepo de terre à chaque pleine lune pour tenter de l'attraper. Et chaque fois qu'il grandissait, cette impression qu'on pouvait y arriver. Elle était là, au bout des doigts, prête à se poser, à se laisser encercler. Et toujours ce juron, *croix de bois, croix de fer, halte les enfers*. Pour se donner du courage, de la force réciproque, et aussi pour faire la nique aux expressions, se les réapproprier. Oser les réinventer. Parce que tu vois Pepo *y'a rien de pire qu'être un perroquet de plus. C'est beau un perroquet, mais c'est con comme tout ce qui se fige et finit par rapetisser. Allez mange ta soupe après on fera nos étirements.* Pour allonger le corps, ne surtout jamais le laisser rapetisser. Il avait prévenu le père que c'était possible, avec les années si on n'y prenait pas garde, un jour on pouvait redevenir tout petit, le dos rond, la démarche traînante

En un mot, vieux.

Pepo se souvient de tout et il fait front. Tous les gestes du père sont miniaturisés dans les siens. Sa façon de penser. De parler. De marcher. De faire silence. En miroir toujours, comme une double peau. Il ne le sait pas mais Isabella l'épie. Avec ce blouson trois fois trop grand et deux fois trop lourd, ça lui en fait du poids sur les épaules. Aussi veille-t-elle. Car tout se fait à l'insu du gosse, évidemment, dans une espèce de torpeur, de tourbillon, tiraillé entre l'ici et maintenant, et dans le plein de sa tête, son cœur, son âme, entre l'ailleurs et l'hier. C'est un Pepo qui navigue entre ombre et lumière, souvent nostalgique, parfois volontaire puis d'un seul coup fuyant.

Un Pepo que l'on suppose tout de même « sorti d'affaire ».

## PRINTEMPS

*Croiser une rivière, épier son clapotis.*
*Espérer un banc de poissons miraculés*
*ou un cygne ou même un ragondin.*
*Un frémissement de preuve*
*que quelqu'un s'abreuve encore à la source.*
*Que rien n'est tari. Pas encore. Pas demain.*
*Qu'il reste une chance à la vie d'ensemencer la terre.*
*Cahier 3 / Pensées 34.*

Pepo, sorti d'affaire ? Peut-être bien ! Tout ça n'est rien d'autre qu'un jugement figé dans l'instant, un point de vue global, une façon de se rassurer qui ne tient pas compte de la course du temps, de l'avidité des heures, du passage des saisons. Et de la force du Clan comme d'autres miroirs, d'autres corps, d'autres langages, d'autres références. Le Clan à l'heure de ces montres que chacun porte aux poignets et qui nomment les secondes, les minutes, les heures, les semaines. Que Pepo découvre et apprend à lire. Lui pour qui tout était un, le père et lui, en une seule unité. De temps, d'espace et d'action. Immuable. Imperturbable. Qui à présent se divise, se fragmente. Petites et grandes aiguilles qui fusionnent une minute par heure et se séparent aussi vite pour mieux se retrouver l'heure d'après. Rythme auquel il s'adapte par défaut, en ressemblance, sans en faire le choix. Parce que le mimétisme est là, au-delà des valeurs du père, qui lui n'est plus. Et qu'il faut bien se fondre, faire face, continuer. De manger, de dormir, de vivre.

Ainsi l'hiver s'efface. Mars est à peine là que déjà la nature se réveille, s'étire et le Clan avec. L'hivernation prend fin. En à peine trois mois, Pepo a pris deux centimètres, son visage s'est émacié, un reste d'enfance s'en est allé. Certaines nuits, les grandes cacophonies du silence ont eu raison de ses moues candides et de certaines naïvetés. Comme la fois où le père est tombé, elles ont tenté d'avaler Pepo, creusant sous ses yeux de mauvais cernes bleus. Il a fallu grandir sans les récits, sans les bougies, sans les ombres. C'est à peine si l'enfant se souvient encore de la voix du père, s'il arrive encore à renifler son odeur en fourrant son nez jusque dans la manche de son blouson, s'il a pu rêver quelquefois de l'Arbre à Feuilles. À peine s'il a ouvert le dictionnaire pour y apprendre de nouveaux mots. Le père dirait sûrement que *Pepo file un mauvais coton. Qu'une journée sans apprendre est une journée perdue. Qu'à ce train-là, il ne grandira jamais. Parce que si tu n'apprends rien, tu ne grandis pas. T'es juste une larve de plus qui se répand à la surface de la terre. Et que s'il continue, il va se fâcher tout rouge.* Ah oui, les expressions du père, *avoir une peur bleue, broyer du noir, voir la vie en rose, être blanc comme un linge, rire jaune, voir rouge, être vert de rage* et les exercices de langage. Ces heures à façonner des phrases qui colorent la vie. Et d'autres qui la chantent ou la caressent. Peut-être est-ce ce qui lui manque le plus, ce temps à deux, quand rien d'autre n'existait que tout ce que le père voulait bien raconter. Maintenant, c'est comme s'il avait oublié. Comme si le temps qui passe lui reprenait tout.

Et que sans cesse, il lui faille tout réapprendre.

Bientôt, les hommes vont repartir sur les routes. Un jour ou deux ou une semaine voire tout un mois et même tout l'été. Resteront les femmes, les enfants et les vieux. En tant que garçon le plus âgé, il sera confié à Pepo la lourde tâche de veiller à ce que tout se passe bien. Suppléé en cela par Elya. C'est Isabella qui a eu l'idée de cet accord. Sa triple casquette de mère, de veuve et de gardienne de clan commence à lui peser. C'est pour elle une subtile façon de passer un message : il est temps de tourner la page et d'en écrire une autre. Elle a beaucoup œuvré pour le Clan, ce qui lui a permis de ne pas sombrer à la mort de Georgio. Rien de tel qu'une foule de responsabilités pour empêcher une tête de penser et un cœur de saigner. Aujourd'hui, elle va mieux.

Elle est prête à lâcher du lest.

Un trimestre entier qu'Elya et Pepo sont comme deux grands étourdis qui se reniflent, s'observent, se tournent le dos. L'une par peur de perdre sa place, l'autre parce qu'il la cherche encore. Il y a entre eux toute l'ambivalence de l'aimant. Qui s'attire et se repousse en permanence. Isabella a laissé faire jusque maintenant mais il est plus que temps de court-circuiter le jeu. Leur offrir la responsabilité de protéger le Clan est un défi autant qu'une opportunité de grandir encore. Et surtout une aubaine. Le but est d'en faire des frères et sœurs de cœur avant qu'une autre alchimie ne vienne un jour tout foutre en l'air. Inutile d'espérer agglomérer deux cœurs brisés pour en faire un tout neuf. Elle est bien placée pour le savoir. Quelques mois en arrière, le père de Pepo et elle ont tenté un rapprochement. Puis, devant l'étendue de leurs blessures, qui au lieu de s'emboîter ne faisaient que se cogner, très vite ils ont renoncé. Autant épargner aux enfants un clivage supplémentaire. Aussi, les oriente-t-elle vers la camaraderie fraternelle. À eux la charge de planifier les sorties courses, de faire l'inventaire des provisions, de vérifier l'état du camp, de programmer les jours de marché pour vendre les stocks engrangés cet hiver. Outre les quelques articles en osier et les bonnets de laine façonnés par les aïeux, il y a tout un fatras d'objets que les hommes ont rapporté lors des rares vide-greniers et déménagements réalisés à l'automne dernier.

Quand le père vivait encore.

Et ça marche. Pas aussi bien qu'elle l'aurait souhaité mais ça fonctionne. Comme si la perspective de prouver leurs compétences insufflait à ces deux-là un nouveau courage. Celui de mettre de côté tout ce qui n'est pas le clan mais au contraire de se focaliser exclusivement sur lui. C'est là leur nouveau langage. Ni elle, ni lui mais le clan. Une entité à protéger, à faire vivre, à organiser. Un objet transitionnel qui les inclut sans les exposer. Qui les oblige à parler sans se confier personnellement. Qui met en valeur les compétences de chacun sans les évaluer. La force, l'agilité, l'intégrité pour Pepo concomitant à la connaissance du terrain, la maîtrise et l'organisation d'Elya. Isabella a tort de croire que sa propre histoire avec le père de Pepo puisse impacter celle des enfants. Elle a tort de transférer ses doutes, ses peurs, son ambivalence. Tort de penser qu'ils puissent devenir autre chose que deux entités bien distinctes. Ils sont arrivés trop tard dans la vie l'un de l'autre pour fusionner. L'alchimie ne s'est pas faite. C'est ainsi. Le hasard a travaillé à changer le destin de Pepo. À moins que tout ne soit déterminé. Et dans l'instant, il n'y a qu'Isabella pour se poser la question. Pour autant, rien n'indique qu'ils ont un chemin ensemble. Certes, cela aurait pu. Mais Pepo est bien trop inscrit dans sa propre histoire, sa fidélité secrète va au père. Il ne fait pas plus que ce qu'on lui demande ou ce qu'il a envie de faire. Et s'il devait en faire plus, c'est à Isabella qu'il dédierait sa force, son acharnement, son abnégation et sa gratitude.

À elle et à sa main tendue.

Et puis, en vérité, ce que Pepo a retenu de la consigne se résume surtout à un but : aller à la grande Ville. Toute sa motivation est boostée par cette seule perspective : Sortir du Clan. Échapper à cette promiscuité qui commence à lui peser. De plus en plus souvent, dans les yeux d'Elya, sa propre souffrance lui saute aux yeux. Elle est comme un miroir. Ils ont dans le cœur le même trou, la même absence, le même manque qui balaie leur regard de mille façons. Elle a beau vouloir se la jouer rebelle, ce qu'elle cache aux autres, lui, il le voit et il le ressent. C'est comme si ça lui faisait double dose. Alors, pour contrer ce mensonge, levé le premier, couché le dernier, il est sur tous les fronts. Le bois, la cuisine, l'enclos de Maître coq et ses poules, les menues réparations, surveiller les petits, rien ne l'arrête. Pas même les aïeux qui tentent de lui apprendre à tisser l'osier. Le printemps lui a toujours fait cet effet-là. Comme s'il était temps de couper la chique au sommeil. Comme si toute l'énergie accumulée sortait d'un coup et qu'il faille à tout prix l'évacuer, sous peine d'un débordement incontrôlable. Mais, cette année, à cette frénésie habituelle s'ajoutent le Clan, Elya, et le grand mystère de la Ville qu'il va enfin pouvoir résoudre. Depuis la messe de Noël, il n'est pas retourné au bourg. Cette furtive incursion lui a laissé un goût de trop peu, avec des tonnes de questions qu'il a tournées en boucle tout l'hiver dans sa tête. Il veut voir encore et comprendre. Ce que le père disait. S'il y a danger et comment et où. Et surtout ce qu'il se passe quand les portes des maisons s'ouvrent, que l'on gravit les escaliers et qu'une famille apparaît. En vrai.

Ce qui lui semblait si différent entre le père et le clan il y a encore trois mois s'est avéré ne pas l'être tant que ça. Il a pu le constater de ses propres yeux. Chaque enfant s'en réfère à un adulte. Souvent le même. Qui a sa préférence. Comme lui avec le père. Le reste du temps, les petits sont rendus à leur liberté, à leur seul besoin d'émancipation naturelle, le périmètre des bois alentours en terrain de jeux. C'est vrai que l'apprentissage du langage et des mathématiques est réduit à deux trois heures maximum par jour au lieu de beaucoup plus avec le père, mais au final, eux comme lui ont des bases et elles sont solides. En hiver, c'est Elya qui assure l'essentiel des leçons dans de vieux manuels laissés par le Camion-École. À chaque rentrée de septembre, un professeur-volant vient à leur rencontre. Cela dure le temps d'un premier trimestre. Puis l'hiver passe, qui coupe les routes et les motivations, et Elya prend la relève. Jusqu'au printemps. Quant aux récits du soir, ceux des adultes qui content leur journée, ils valent bien ceux du père. Ce ne sont pas forcément les mêmes armes et les mêmes combats qui sont rapportés mais le prix de la survie reste inchangé d'une époque à l'autre. Toujours trop cher. Toujours dangereuse. Souvent injuste. Pour eux aussi, la grande Ville reste comme une mâchoire béante qui, si on n'y prend pas garde, avale l'âme et toute la beauté du monde, parfois en une seule bouchée.

Cruelle.

*Le déterminant possessif, tout est là, Pepo. « Mon job, Ma télé, Mes priorités ». Si tu entends ça dans la bouche de quelqu'un, tire-toi. Pour un « Mon, Ma, Mes », et quel que soit le mot qui suit, les gens deviennent fous. Ou pire, ils tuent et ils en meurent. À la Ville, tout le monde devient fou avant de mourir.* Parfois, les colères du père reviennent aux oreilles de Pepo sans qu'il le décide. Comme des alertes. Comme s'il était encore là et qu'il le prévenait. Une dernière fois. Pourtant Pepo est certain de ne pas tomber dans le piège. Il sait que rien ne lui appartient vraiment. À peine sa vie, le temps d'en disposer, un jour après l'autre. Tout bascule si vite.

Même le père. De toute sa hauteur, sans que rien ne l'alerte. Une nuit comme tant d'autres.

Le père qui était pourtant le sien n'a jamais permis qu'il l'appelle autrement. Aucun possessif n'était jamais rentré sur leur territoire. Que cette appartenance leste l'enfant d'une insupportable responsabilité ou d'un quelconque devoir pouvait le rendre hargneux. *On vient au monde pour expérimenter la vie, Pepo, pas pour porter des fardeaux, encore moins ceux des autres. Ceux qui voudront te faire croire le contraire, fuis-les. Quoi que tu choisisses de faire, ne le fais jamais que par passion, envie, conviction.* Quand le père s'emportait ainsi, Pepo savait que la journée avait été mauvaise. La colère ou les grandes leçons du père venaient toujours après *que la Ville lui a collé aux semelles et qu'il a dû s'en arracher avec perte et fracas. La Ville c'est comme une sangsue, Pepo, si tu la laisses t'agripper t'es foutu, elle te pompe même ce que tu n'as pas en te faisant croire que c'est tout ce dont tu as jamais eu besoin. C'est une vicieuse, Pepo. Elle commence par t'éblouir et tu finis aveugle, muet et sourd.* Pepo n'a jamais su ce que tout cela voulait dire. Petit, il imaginait la Ville comme une bête immonde, avec plusieurs bouches qui vidaient les gens de leur sang s'ils ne lui donnaient pas ce qu'elle voulait. Depuis peu, il pressent que tout ça, c'était surtout une guerre entre le père et la Ville. Une guerre qui datait d'il y a longtemps et que le père n'avait jamais réussi à gagner. Une guerre d'avec la mère. Et donc qui ne lui appartenait pas.

Assis depuis plus d'une heure sur le rocher du père, Pepo laisse ses multiples pensées, questions et doutes se dissoudre. Il n'y a qu'ici, loin du clan, Rigolo à ses côtés, qu'il s'octroie le droit de désespérer, de maudire sa mémoire, de chuchoter son manque, d'abattre sa faiblesse. D'être avec le père comme il se sent trop souvent encore, un enfant. Le Clan a beau lui confier des missions de grand, l'impliquer dans son bon fonctionnement,

Pepo n'est pas dupe. Et Carmen non plus.

Carmen, on le sait, est la maman du dernier-né, Esteban. Un sacré braillard qui fascine et rend perplexe Pepo à chaque fois que sa mère lui donne la tétée. Même s'il est toujours incapable de les approcher et d'oser prendre le bébé dans ses bras, il regarde cette bouche avide absorber le sein maternel avec une force et une obstination héroïque, jusqu'à s'endormir dessus sans le lâcher. Carmen lui a confié que tous les nourrissons avaient ce pouvoir-là et depuis, Pepo s'entête à vouloir se souvenir. Sans succès. C'était là toute l'amertume du père que d'avoir su raconter le passé en boucle sans inclure le sien ou celui de Pepo. À présent ça fait comme un grand blanc dans la tête de Pepo. Un grand blanc et une grande colère. Comme si l'Arbre à Feuilles fabriqué à partir de l'histoire du monde et des souvenirs du père avait su tout garder, tout retenir, tout écrire sauf l'unique récit qui concerne Pepo. Pstt, envolée la feuille, jamais écrite, noyée dans les grandes eaux du déluge.

Mille fois pourtant il essaie d'imaginer le sein de la mère. Blanc beige comme celui de Carmen avec un mamelon marron tout fripé ou doré voire brulé de soleil comme les bras d'Isabella. De toutes les femmes qu'il côtoie au Clan, mêmes les anciennes, il respire leurs parfums, scrute leurs contours, fixe même parfois le fond de leurs regards sans que rien jamais ne l'éveille à un souvenir. Il les examine comme on examine un problème des centaines de fois posé et dont la solution échappe à toute logique. Il voudrait les ressentir comme une évidence. Comme Rigolo et sa truffe humide qui à force de cajolerie ferait presque partie de son ADN. Cette odeur entre toutes qu'il reconnait et ne peut plus jamais confondre avec les autres chiots. Mais sa mémoire est vide. Le père n'a rien dit. Ne dira plus. Dans les papiers, il a trouvé une photo. Il l'a regardée des heures, ne s'est trouvé aucune ressemblance. À peine s'il a reconnu le père. Et pourtant c'est bien lui dans ses bras et la femme à côté, sûrement la mère. Poline qu'elle s'appelle. Le visage terne, fatigué, quasi vide. Une drôle d'image en vérité. Qui ne lui a pas plu. Et ne lui plaira jamais d'ailleurs. Quand, dans quelques années, mû par la curiosité, d'évidence en rapprochement, il comprendra qui est cette Poline. Au moins une fois par jour, crevant l'écran, à se demander si c'est bien la même femme, le même regard. La même mère.

Pour Pepo, c'est un vide plus grand encore que l'absence du père. Sur lequel il n'a aucune prise, rien à quoi le rattacher. Et, sans qu'il ne sache vraiment pourquoi, il s'en fait une raison fondamentale d'aller à la grande Ville. Comme un obscur pressentiment, une intuition que des réponses s'y trouvent peut-être. Carmen, qui par ailleurs, il l'a appris à ses dépens, a le don de voyance, l'a dit aussi. Pas vraiment en ces termes ni si clairement mais elle l'a vu qu'il partirait. Qu'un jour il ferait la route. Elle a vu son chemin aussi long que la voie lactée. Noir et lumineux. Et même si elle s'est tu après ça, qu'elle n'a plus rien voulu dire, il a compris, lui, que ça ne serait pas facile. À ce moment, elle était avec Isabella sans savoir que Pepo écoutait. Quand elles se sont aperçues de sa présence, il était trop tard pour nier qu'il avait entendu ce qu'elles avaient dit. Il s'est ensuivi un cauchemar qui, depuis, hante Pepo.

*« An 6666. La terre n'existe plus. Il y a longtemps déjà qu'elle ne donne plus aucun signe de vie. Suspendu en plein air, un hologramme géant, un 6666 lumineux sur sa base, diffuse en boucle les dernières images de l'effondrement des civilisations. C'est la mémoire du temps, des mondes d'avant, du « Grand Tout ». À son bord, des entités dénuées de corps, âmes errantes, restent captives de cet ultime cataclysme. On y voit des villes entières atomisées, des océans rouge sang, des forêts carbonisées, des ciels aussi noirs que du charbon et des montagnes d'os agglomérés. On y voit une nuée d'enfants qui tentent de s'échapper mais qui, après des semaines d'errance, arrivés au bord du monde, finissent par sauter. Pepo ne sait pas dans quoi exactement, ni où. Quand le dernier enfant a sauté, l'histoire redémarre avec exactement les mêmes images, en boucle et en fond sonore, un grésillement irritant qui témoigne d'une usure manifeste, d'une rediffusion qui finira par être de trop ».*

Cette nuit-là, au troisième spot, Pepo s'était réveillé, en sueur, le souffle coupé, convaincu que le dernier enfant, c'était lui. Sans savoir ce que cela voulait dire.

Heureusement, certains soirs, sur une colline qui jouxte le terrain vague du père, le ciel flamboie et Pepo s'extasie. Il adore ça quand tout est recouvert d'or, de jaune, d'orange et de rouge, qu'on dirait comme une toile de maître, posée à l'horizontal. Dans quelques minutes, la nuit recouvrira tout mais en attendant, elle s'enflamme. Une fois encore. Juste pour Pepo et Rigolo qui semble contempler le paysage avec la même force et la même patience que son maître. Comme quand le père était là. Qu'il soit mort ne change rien, le ciel fait son chemin, offre sa magnificence et ainsi, lave Pepo de tous ces mauvais rêves. Ce soir il s'embrase, demain il délivrera peut-être ses magiques minutes bleutées, cet écart presque imperceptible entre ombre et lumière qui, l'espace de quelques secondes, peint tout en bleu. Les arbres, les ombres, les gens. *Que peu de personnes savent percevoir, Pepo. Vraiment peu. Car ce n'est pas vrai que la nuit tombe. Jamais. Qui pérore cette expression ne l'a jamais vu arriver comme j'en fais l'expérience chaque soir depuis toi. Tu vois, Pepo, ce n'est pas un objet qui choit ou se brise, la nuit. Elle n'échappe des mains de personne. Elle ne tombe pas du ciel en un fatras bruyant ni même désordonné et encore moins bordélique. Il n'y a aucune violence en elle. Pas même un son ou un vague murmure qui saurait nous avertir. Elle est bien trop maline pour cela, la nuit. On peut se poser à un endroit, rester concentré pour ne pas dire rigide, obstiné, scrutateur et la regarder arriver, on ne la sent sur soi et même en soi que lorsqu'elle a déjà pris sa place. Parce qu'elle arrive toujours par surprise la nuit. Quand on croit l'observer, l'attendre, la deviner et que chemin faisant, notre esprit finit toujours par se laisser happer et s'élancer sur le fil d'une obscure pensée à l'instant même où on aurait dû regarder mieux, plus profondément afin de peut-être la voir s'approcher. Toujours sournoisement. En se faufilant entre les derniers rais de lumière. Glissante comme un rideau qu'on tirerait machinalement, chaque soir, quasiment à la même heure. À moins et la question ne cesse de me hanter, insomnie après insomnie, à défaut de la nuit qui tombe, ne serait-ce pas plutôt le jour qui se fatigue ? Cette glorieuse lumière qui n'en peut tout simplement plus et se laisse disparaitre, absorber, déshabiller, engloutir, sans même et c'est bien là où le comique de situation trouve son effet – sans même que la nuit n'en sache rien ?*

Et voilà, se souvient Pepo. À peine le temps de, que... Le jour, la nuit, la vie, la mort. Tout tourne et nous échappe. Comme le père, comme les saisons, comme toi et moi, Rigolo. Comme toi et moi, un jour, c'est sûr. Même si je t'aime et que toi aussi tu es beau et grand comme le monde.

« *Beau et grand comme le monde* ». Une des rares expressions du père qui leur filait de la flotte au fond des yeux à tous les deux en même temps. Dont Pepo se souvient qu'elle venait au terme d'un grand silence. Quand tout avait été dit. Qu'il était temps de rentrer. Et que le père tenait Pepo serré contre lui sans arriver à le lâcher. Dont il découvre à présent la profondeur de champ. Tout ce que cela incluait qui n'était pas nommé. L'amour immense et l'attachement. L'impuissance et la fatalité. Le douloureux sentiment de se sentir vainement exister. Et d'avoir quelqu'un à protéger.

Peut-être fallait-il cela pour clore encore un nouveau chapitre. Tourner la page dans un furtif embrasement pourpre et savourer ensemble quelques instants de grand bonheur. Rien qu'eux trois. Le père, Rigolo et Pepo. Car, ça y est, demain est le jour J. La grande route, le marché, la Ville. Un monde nouveau. Et de nouvelles règles. Depuis une semaine, Pepo tente d'expliquer à Rigolo toutes les raisons pour lesquelles il doit supporter cette corde qui encercle son cou et la longe qui le retient de gambader comme il veut. De la même façon qu'il essaie de se disculper face à ses jappements devenus plaintifs, il essaie de se convaincre. Certes, c'est un sacré prix à payer mais ça vaut le coup. Il en est certain. Qu'importe la peur et les colères du père. Et qu'importe ce terrible cauchemar qui s'est abattu sur lui comme un avertissement.

Demain, il verra ce que c'est qu'une grande Ville.

La grande Ville. Pas le bourg, pas la place du marché, pas l'église et l'unique rue centrale. Pas la commune de Dampierre avec ses 800 et quelques habitants. Encore moins son hameau, Les Minerais, situé sur le site des anciennes mines de fer à ciel ouvert. Là où gitent les caravanes, le Clan, l'âme du père. Mais la grande Ville avec ces maisons tellement hautes et serrées que l'horizon s'en est allé ailleurs. La grande Ville, celle au bout du chemin vicinal puis communal puis départemental puis national. À quelques kilomètres seulement de l'autoroute, celle qui déborde jusque dans les autres pays. Beaucoup plus loin.

Pepo s'est renseigné et Paolo, le mari de Carmen, lui a montré la carte. Pas moins de 93 kilomètres pour arriver à Lons-le-Saulnier, carrément le chef-lieu du département du Jura. Une Ville d'une telle envergure qu'elle chapeaute à elle seule toutes les petites aux alentours. Toutes celles qu'on laisse derrière soi, comme ça, d'une traite, sans hésitation, avec facilité. En à peine 1 heure

30. Et encore, parce que la camionnette est pleine à ras bord et que pied au plancher, Paolo plafonne à 90/92 km/h. Et c'est déjà une aventure en soi. Qui rend fou le regard de Pepo. Assis entre Paolo qui conduit, Isabella et Elya à sa droite qui se sont endormies, lui, Pepo, pile poil au milieu, est le personnage central d'une épopée en temps réel. Il avale la route des yeux comme s'il chevauchait lui-même le bitume, un attelage solide sous les reins et pas moins de 143 chevaux en propulsion.

C'est une chose pour l'enfant que d'avoir eu connaissance par les livres et les mots que le monde est vaste et le ciel infini, que des milliers de gens vivent côte à côte, qu'un immeuble peut barrer la route au soleil, qu'une expression comme « le paysage défile » existe, c'en est une autre de l'expérimenter. En vrai. Un matin du mois de mars. Pour la première fois. La vie grandeur nature, pour autant de premières fois, en une seule. Pendant des kilomètres voir la lumière des routes interrompre la nuit et défier l'aube. Regarder fuir le ciel à mesure qu'en haut d'une pente, la camionnette de Paolo s'en approche. Et la fumée des cheminées d'usine qui s'évapore en nuage, qui chasse les oiseaux, alignés en rang serré sur les fils électriques. Dont personne n'entend le chant mais qui vibre tout de même, c'est certain, même à ces hauteurs. Toutes ces voitures qui doublent à vive allure, tous ces noms de villages, ces panneaux aux multiples directions. Ces carrefours dont le père parlait tant, qui laissent une chance sur combien de se tromper. Et ces milliers de lampions qui dessinent le contour des maisons et des rues. Qui dansent devant ses yeux comme autant de points d'interrogation. Autant de lumières, autant de gens, autant d'histoires de vie et ils ne sont que dans une infime partie du monde. A l'échelle de la population mondiale, ce n'est qu'une goutte d'eau. Une goutte d'eau aussi grande qu'un océan pourtant. Dans laquelle il va devoir plonger et apprendre à nager.

Devant ce vertige, Pepo se sent subitement seul. Personne n'est là pour le rassurer. Isabella et Elya continuent de dormir, indifférentes à ce qui se trame. Quant à Paolo, il conduit en regardant droit devant lui, imperturbable. Perdu dans ses propres pensées, il ne voit pas le regard fou de Pepo, sa bouche en apnée, sa main qui malaxe sans discontinuer la fourrure de Rigolo, assis sur ses genoux. Comme il y a eu la chute du père, il y aura ce premier voyage. Inscrit dans sa mémoire pour toujours. Cette ligne droite qui n'en finit pas de se dérouler, dont à l'entrée d'un village, on croit voir la fin et qui de ralentissement en accélération continue d'avancer, encore et encore et encore, sans imaginer qu'il y ait jamais de fin. S'il osait, il poserait la question à Paolo. Est-ce qu'une route mène à une autre, toujours, sans s'arrêter, jusqu'au bout du monde ? Ou bien, à un moment donné, tout s'arrête et l'on tombe. Comme dans son cauchemar. Mais Paolo n'est pas ce genre d'homme à qui on pose les questions. Paolo est de la race des taiseux. Un homme d'action. Avec une énergie brute, solide, ancrée dans la terre, qui laisse aux femmes et surtout à Carmen le soin des réponses, des légendes, de la parole. *Parce que c'est ainsi. Toutes les femmes sont des sorcières, au sens noble du terme et que le Clan les respecte pour ça. Elles portent la connaissance, les mémoires akashiques. Elles savent ce qui a été, ce qui est et ce qui sera.*

Carmen plus que les autres.

C'est Elya qui le lui avait expliqué.

*L'Akasha est la mémoire collective. Passée, présente et future. Les mémoires akashiques c'est donc toutes les mémoires du monde entier. Tu comprends ça, Pepo ? Tout est écrit partout. Tout le temps. Rien de ce que tu fais dans cette vie ne passe au travers de cette grande mémoire. Elle est profondément ancrée dans la conscience cosmique, qui elle, est infinie. Quand tu fais une séance de lecture akashique, tu dois être prêt à tout entendre. Qui sait, peut-être as-tu été guerrier, chevalier, roi, mendiant ou femme ou bête ? Et qu'importe, en vérité, parce qu'aujourd'hui tu recommences une vie. Et tu peux encore faire mieux ou pire. C'est toi qui choisis. Mais si tu veux savoir, demande à Carmen. C'est la meilleure des sorcières pour ça.*

Pepo avait souri comme il le faisait souvent quand Elya prenait ses grands airs pour lui donner une leçon de vie. Il avait souri et il s'était souvenu. De ce que le père, lui, racontait, à propos du Grand Tisserand. De cette légende qui tenait sur deux feuilles de l'Arbre, les suivantes ayant été égarées peut-être, à moins qu'elles n'aient jamais existé. Le père ne finissant jamais l'histoire, à moins que lui, Pepo, ne se soit toujours endormi avant. Retenant par cœur les premières lignes. Comme on se récite une vieille poésie. Pour se prouver qu'on a une bonne mémoire. Et tellement d'amour en dedans.

« D'abord il y a la lande, pendant des kilomètres puis abruptement, sans qu'on s'y attende, la pointe de l'ile. Ce faisant, de ce bout de terre jusqu'à la vaste mer, il existe un unique chemin de nuages qui mène là-haut, au Grand Tisserand. Évidemment personne ne les a jamais vus, ni l'un ni l'autre mais tout le monde en parle. Depuis la nuit des temps, ils sont de toutes les veillées. Qu'on l'aime ou que l'on s'insurge, chacun sait qu'une fois ce passage emprunté, le Grand Tisserand tisse sans répit. Nos vies, nos joies, nos peines. Nos destins. Ici, il est le Grand Tisserand, ailleurs un Dieu ou le Diable ou encore l'Univers. À chacun son appellation, ses croyances. Et qu'importe ! Il Est. Ainsi va la vie comme autant de bouts de laine, patchwork multiple et coloré, savamment agencé. À la hauteur du Grand Tisserand, c'est sacrément joli. Un peu comme ces paysages vus d'avion, parfaitement ordonnés, colorés, et même croit-on, maîtrisés. Mais à part lui, personne ne le sait, ne le voit et tout le monde s'en agace. C'est qu'à ras de terre, cet aménagement ne se fait pas sans nœud et il faut bien le dire, l'homme n'a pas son pareil pour tirer dessus. Alors évidemment le nez dans sa propre pelote, l'homme bouloche. Vie après vie, d'un aïeul à l'autre, enfantant sans répit, contraint par une main unique, qui espère toujours, qui espère encore, l'homme s'emberlificote. Pourtant, à chaque fois, le passage est le même, pour tout le monde, entre la lande et la pointe de l'île, un chemin de nuage. De là où tout nait puis meurt. L'unique sente qui fait se croiser les âmes, un fil de couleur à la patte ».

Celui du père avait dû être bien noir, entièrement fondu dans sa dernière nuit, monté trop vite, trop haut pour que Pepo, figé pourtant des heures devant son cadavre, n'ait pas réussi à le voir. Alors Grand Tisserand ou mémoires akashiques, il ne sait quoi en penser. Peut-être dans le futur, osera-t-il poser à la femme-sorcière ce genre de questions et voudra-t-il savoir. Ce qui a été pour lui avant, ou ce qui sera plus tard, demain, bientôt, quand il sera grand. Ou peut-être pas. La réponse, en vérité, n'est pas si loin. Enfouie quelque part sous son matelas dans la caravane. Dans le sac à dos que le père a confectionné pour lui. Avec la poche secrète et les papiers de la mère à l'intérieur. Cette mère absente, inconnue, au regard triste, qu'il tente de reléguer à plus tard mais qui vit peut-être là, au bout de cette route, dans la grande Ville. Ou alors ailleurs. Plus au sud, à Paris, la Ville qui avale le plus de gens. Ou même carrément dans un autre pays, sur les bords du lac Tanganyika, l'un des plus grands d'Afrique, connu pour la limpidité exceptionnelle de ses eaux, qui permet une visibilité atteignant les 25 mètres. Ou pire ou mieux encore, à Tegucigalpa, la capitale du Honduras, là où les avions atterrissent en pleine ville, sur une des pistes les plus courtes au monde. Les possibilités sont grandes et le risque qu'il la rencontre aujourd'hui est faible mais pendant les derniers kilomètres, Pepo, pour se rassurer, va se réciter tous les lieux improbables et insolites que le père lui a appris. Tout ce qui à l'époque faisait le voyage sans y être vraiment. Tout ce qui le faisait rêver mais qui, au fur et à mesure du chemin, a pris, sans qu'il s'en aperçoive, les couleurs d'une épreuve.

Quand à l'entrée de la ville, le jour se lève, qu'Elya et Isabella se réveillent, comme ça d'un coup, comme si elles avaient senti qu'il était temps, et que Paolo éructe enfin ses premiers mots de tout le trajet « bingo, le premier manchot de la matinée, c'est pour qui ?» Pepo a l'impression d'atterrir sur une nouvelle planète. Perdu dans sa rengaine lointaine, les yeux pourtant ouverts, il n'a pas vu la transition grande route, petite rue de la Ville, parking de la place du marché. Et pourtant, il y est. Ils sont enfin arrivés. Sans tomber. Sans toucher le bout du monde. Pas cette fois en tout cas.

Tout est étroit, encombré, saturé. Ils sont à l'arrêt, empêtrés dans un beau bazar. Les jours de marché, c'est toujours ainsi. Les camions arrivent chargés jusqu'à la gueule et c'est à celui qui se mettra le plus près de son stand. Ce qui veut dire peu de place, beaucoup de manœuvres et pour ce qui est du manchot en question, une marche arrière laborieuse qui fait hurler les klaxons. Quand Paolo arrive enfin à se faufiler dans ce grand micmac et à garer le camion, Pepo applaudit en même temps qu'Elya. Il est de nouveau au taquet, le regard fou, sans plus aucune peur. Prêt à se faire avaler tout entier. Parce qu'il a raison le père, c'est bien de cela qu'il s'agit. Si tu n'y prends pas garde, ce raz-de-marée humain peut t'emmener là où tu n'étais pas y'a dix secondes. Les allées du marché sont étroites, remplies de gens qui marchent dans tous les sens. Au fur et à mesure qu'elles se remplissent c'est de pire en pire. Jamais Pepo n'aurait pu imaginer une foule pareille. Ça lui fait penser aux champs de bataille que le père recréait pour lui avec des centaines de pierres de part et d'autre sauf que là, c'est une vraie pagaille. Aucune discipline. Et ça crie sur tous les stands. À qui mieux mieux. Paolo s'est éclipsé aussitôt le camion déchargé. Il laisse le stand aux femmes. Et à Pepo. Il a du monde à voir, des clients à relancer, des contacts à prendre. Une nouvelle énergie à donner aux futurs mois de labeur qui attendent les hommes du Clan. À Isabella de faire le commerce, d'appâter le client, de marchander comme elle le fait si bien. À Elya d'expliquer à Pepo comment faire croire que tout est cadeau, quand en vérité, la moitié de leur stand ne leur a rien ou si peu coûté. Non ce n'est pas du vol, ce sont les affaires. Tout le monde est au courant et chacun joue sa partie du mieux qu'il peut. Pepo regarde dans un premier temps, fasciné, ce nouveau langage. Puis très vite, il se lasse. Ce jeu de séduction, plutôt grossier en vérité n'est que mensonge et roublardise. Il n'a aucune envie d'y participer. Et encore moins d'apprendre. Il se sent déçu. Comme si cette journée n'était pas à la hauteur. Comme si ce long chemin n'avait mené qu'à ça, un marché de dupes. Très vite il a envie de reprendre le chemin. De sortir de là. Et c'est facile. Avec ce monde, Isabella et Elya sont occupées. Aussi, ne le voient-elles pas s'éclipser en douce, s'enfoncer au milieu des gens, suivre le flux, se laisser porter. Il avance sans réfléchir, attiré aussi bien par un étal de légumes qu'une rôtisserie fumante ou qu'un parterre d'épices colorées. Il s'enfonce un peu plus, là où sont les marchands de fripes, de jouets, de portables. Là où tout se vend et s'achète et il la sent cette frénésie ambiante, il les voit ces billets et ces pièces qui passent de main en main, et il entend, il comprend. Les mots du père, sa colère et ses peines. Il comprend mais il avance encore, plus loin. Attiré comme un aimant. Le regard enfiévré. Par ce qu'il voit de richesse et de multiples. Il est pris dans une sorte de tourbillon, d'ivresse des sens. Des familles entières passent devant lui. Il se dit qu'il aimerait les suivre. Pour voir où elles vont après. Et quand enfin arrivé à la limite du marché, il en croise une qui marche sans se presser, il se dit banco.

Et c'est ainsi qu'il se perd.

Pas longtemps mais assez pour découvrir des tas de rues avec en file indienne des maisons, des jardins, des portails. Des espaces clos, cadenassés, inaccessibles. Et une flopée de pancartes avec écrit « Chien méchant ». Plusieurs fois, il rappelle Rigolo, raccourcit sa longe, refuse qu'il se frotte aux grilles où à deux reprises, des molosses ont surgi, la grogne enragée. La famille qu'il a suivie au départ est rentrée rapidement dans un petit immeuble à trois étages. Quand la porte à digicode s'est refermée, il a tenté de voir à l'intérieur. Il n'y avait qu'un grand hall et une rangée de boîtes aux lettres. Il a trouvé cela triste. Presque trop propre. Alors il a continué le chemin et il s'est éloigné. Jusqu'à ne plus savoir revenir sur ses pas. Un dimanche, à cette heure-ci, les rues sont désertes. Il sent le repli de la ville, l'étrange silence, confiné au dehors alors que dans les maisons, des familles entières s'agitent. Pas un instant, il ne pense que derrière cette multitude de volets peints, de jardinets, d'immenses maisons et de petits bâtiments vivent peut-être une femme seule, un grand-père, un jeune homme handicapé ou même plusieurs personnes qui ne se parlent plus. Pour lui, la vie hors clan, c'est la Ville. Et la Ville, c'est le nombre, c'est le bruit, c'est la richesse, c'est la multitude, le ventre du monde.

La preuve en est qu'elle est en train de l'avaler.

Même Rigolo ne s'y retrouve pas. Voilà qu'il refuse d'avancer. En arrêt devant un homme allongé par terre. Endormi ? Peut-être mort ? Pepo n'est pas certain de vouloir le savoir. Une odeur de pourriture vole jusqu'à lui, l'oblige à mettre une main devant son nez. C'est assez pour que Rigolo en profite, tire sur sa longe et plante sa truffe entre les bras du type. Aussitôt un couinement plaintif le force à reculer d'un bond. Un furet vient d'apparaître. Un furet avec une laisse, rattaché au poignet de l'homme. Une fourrure blanche, des yeux rouges et un corps aussi long qu'un saucisson géant. Qui de Rigolo, ses minuscules crocs prêts à mordre ou de Pepo, le regard abasourdi, est le plus drôle, l'homme ne saurait le dire. Mais en ouvrant les yeux, et voyant l'effet de son furet sur ces deux-là, il éclate de rire. Et c'est un peu comme si le ciel lui offrait un répit. Depuis quand n'a-t-il pas ri ainsi, de bon cœur, avec ses dernières dents offertes au courant d'air ? Et son rire est comme une délivrance pour Pepo. D'abord l'homme n'est pas mort et ensuite il n'est pas fâché. Dans le même temps, il s'est redressé, il a rentré son furet dans sa doudoune vieille d'au moins plusieurs vies, ne laissant dépasser que le haut de sa tête et Rigolo s'est calmé. Ils restent ainsi tous les trois à attendre que l'homme arrête de rire, que Pepo retrouve son souffle et que Rigolo s'allonge, sans qu'on ne lui demande rien. Comme ça, de tout son long, comme on fait le mort, presque sans respirer. Une feinte destinée au furet, une acceptation tacite de dominance, qu'importe puisque dans l'instant, d'un seul coup, plus rien ne se passe. Arrêt sur images. L'homme, le haut de la tête du furet, Pepo, Rigolo, tous revenus au silence, à se dévisager, décontenancés. Puis finalement, l'homme de demander *eh bien, gamin, qu'est-ce tu fais là ?* Et, comme s'il n'avait fallu que cette parole pour que le reste s'enchaîne, il revient à Pepo de raconter la Ville, le marché, sa première fois, comment il s'est perdu. Et à l'homme de rassurer, *qu'on se perd tous au moins une fois, que cette fois-là n'est pas grave. Pas encore. Il va montrer le chemin. C'est facile.* Dans ses mots, Pepo croit entendre le père. Alors très vite, sans réfléchir, il dit *non.* D'abord, il veut s'asseoir. Revoir le furet. Et que l'homme lui raconte. *Qu'est-ce qu'il fait seul dans la ville, par terre, avec son animal ?*

Parce que cet homme pour Pepo c'est comme un bout du père qu'il ne connait pas mais qu'il devine. Une question d'errance, de parcours. Le père est parti de la ville, l'homme est resté. Est-ce qu'ils auraient pu se rencontrer ? Qu'est-ce qui fait qu'on cache en son sein un enfant ou un animal et qu'on s'isole des autres ? Si l'idée est là, les mots ne sortent pas. Être avec l'homme, c'est comme retrouver le père. Pepo le sent mais ne se l'explique pas. Il aurait envie de lui dire qu'avec un furet, il serait mieux au clan. Ou dans une caravane pas loin. Mais l'homme n'a pas l'air de vouloir écouter. Il a sorti une bouteille de vin qu'il boit par petites gorgées et il a sorti le furet. Toute son attention est portée sur la peur qu'il a qu'on lui retire, qu'un flic ne vienne à passer et l'oblige à s'en séparer. C'est un peu comme une rengaine. Pepo voudrait l'interrompre mais l'homme n'en démord pas et Pepo commence à se lasser. Le père aussi avait des obsessions parfois et dans ces cas-là, il fallait juste le laisser boire tout son soûl. Alors Pepo, un peu déçu, se relève, dit qu'il doit y aller. Cet homme n'a rien du père. Il va bien falloir qu'il l'accepte. Le père c'était le père. Inutile de le chercher ailleurs que sous le gros rocher. L'homme a poussé son bras dans une direction. Pepo a suivi le geste. Il tire sur la longe, on dirait que Rigolo, lui, n'en a pas fini. Mais ça ne sert à rien. Pepo est le plus fort. Alors ils s'en vont. Pepo en se retournant plusieurs fois. Rigolo en traînant sa truffe dans tous les caniveaux. Chacun chagriné de devoir renoncer à ce qu'il avait espéré qui ne s'est pas produit.

En suivant ce qu'il croit avoir retenu des indications de l'homme, *une fois à droite, puis en face au carrefour, la ruelle en biais, encore à gauche et après tout droit*, Pepo se trompe, dérive un peu. Encore plus. En lieu et place de ce qui devrait être le marché se trouve à présent un parc. Avec des arbres immenses et aucune grille. Avec des cris, des rires, des enfants, une aire de jeux et un clown, monté sur échasses. Avec un immense kiosque et un décor de théâtre. Avec un spectacle de marionnettes à l'ancienne. Une agitation heureuse qui attire Pepo et le submerge. Il n'a jamais vu autant de familles réunies en un seul endroit. Ça crie, ça se poursuit, ça se mouche, ça s'appelle, ça braille, et même ça pleure. Ça transpire la vie par tous les pores. Et toutes ces émanations, c'est comme un parfum unique, percutant, inédit qui lui ferait presque tourner la tête. Pepo n'a pas assez de ses deux yeux pour tout enregistrer. Figé sur place, dans une allée centrale, risquant plusieurs fois un ballon dans les jambes, frôlé par un vélo, enjambé par le clown, il se décide quand même à bouger. Tous ces gens dont il imaginait la vie dans leur maison, dont les jardins clos ne laissent rien voir, sont en fait ici. Réunis autour d'un même bac à sable. Petits, moyens et grands. Tous mélangés. Beaucoup de femmes. Quelques couples. Une poignée d'hommes seuls. Des vieillards et même un aveugle dont la canne blanche dépasse de dessus un banc. Pepo marche à petits pas, comme titubant, au milieu d'eux. Lentement, il arrive à faire le tour du parc en entier. Et les scènes sont sensiblement les mêmes à chaque fois. Elles parlent d'un bonheur plein qui s'ébat en plein air, qui donne à voir, qui n'a pas peur de se mélanger. Aucune barrière ici. Les gens s'interpellent. On dirait qu'ils se connaissent. Qu'ils viennent ici comme ils iraient au marché. Faire leur course de joie de vivre. Des habitués. Alors revenu au point de départ, au début de la grande allée, Pepo veut s'élancer lui aussi. Prendre de la hauteur. Il monte les quelques marches qui mènent au kiosque et va s'asseoir. À côté d'autres enfants. Qu'il ne connaît pas. Mais il fait comme si. Et il découvre Guignol. Un spectacle pour les tout petits qui rient aux éclats mais qui, lui, le fait sourire. Malgré ses sept ans, il se laisse prendre au piège de l'histoire, de tous ces personnages en bois avec leurs accessoires disproportionnés. Quand à la fin du spectacle, il faut applaudir, il se mêle de le faire spontanément, pris dans la liesse collective. Mais très vite, presque de façon urgente, tout le monde se lève, les petites mains fermement serrées dans les grandes et avant de réagir, de comprendre, il se retrouve seul, assis par terre, devant le théâtre vide, Rigolo endormi entre ses jambes.

Ça ne dure que quelques minutes, trois tout au plus avant que le marionnettiste ne s'aperçoive, en rangeant ses instruments, de la présence de Pepo. Une présence anormale dans sa routine du dimanche. Quand, par un effet boule de neige, le spectacle terminé, le parc se vide aussitôt. Aucun tonnerre ni son de cloche. Aucune alarme. L'homme le sait. À chaque fois c'est pareil. Les rires des enfants et d'un coup le silence. Chacun rentre chez lui. Alors il reste seul, satisfait autant de la joie procurée avant que du silence retrouvé après. Sauf aujourd'hui.

Aujourd'hui, quelqu'un a oublié le jeune garçon qui est encore assis par terre, devant lui, tête baissée.

Quelque chose s'est passé que Pepo n'a pas entendu, vu, compris. D'un coup, d'un seul, tout le monde est reparti. D'un même mouvement. Alors que toutes les familles avaient l'air de ne former qu'une seule et grande famille, en une fraction de minutes, plus rien. Et dans la tête de Pepo ça fait un grand blanc. Il reste là, hébété. Il vit comme un effacement. Comme si une gomme épaisse et diabolique venait de passer par là. A moins que ce ne soit une éclipse inconnue qui aurait fait disparaitre tout le monde sauf lui. Est-ce cela, ce que voulait dire le père quand il parlait de la ville qui avale la tête des gens ? Une ville qui te promet monts et merveilles avant de te laisser tomber sans prévenir et de te clouer au sol comme un imbécile. Pepo a-t-il tout inventé de ces dernières heures ? La route ? Le marché ? Le clochard ? Le jardin ? La vie en entier ? Il lui semble que sa tête est comme tombée dans le néant. Alors quand la voix du marionnettiste le tire de cette sorte d'aspirateur géant qui semble ne rien vouloir laisser à Pepo, Pepo prend peur. Il se dit que là, c'est l'extrême fin de tout et dans une pulsion instinctive, se relève et se met à courir.

Il va courir vite et longtemps avant de s'effondrer au pied d'un mur, encore plus perdu et seul que si son père venait de mourir pour la seconde fois. Il va trembler de froid et errer beaucoup, plein d'une obsécration fervente avant qu'au détour d'une énième rue, la camionnette de Paolo finisse par surgir. Elya a passé la tête par la vitre et lui fait de grands gestes. Elle mime l'engueulade qu'il va se prendre en faisant semblant de se trancher le cou, les yeux exorbités. C'est carrément exagéré et surévalué, au regard du silence qui règne dans le Mercedes. Si elle a tenté le bluff pour détendre l'atmosphère, c'est loupé.

Pepo tente de se justifier pour raconter ce qui s'est passé mais Paolo lui coupe la parole d'un « Monte et tais-toi » avant d'accélérer brutalement, la porte à peine refermée. Pepo se retrouve le nez contre la vitre avec cette impression d'être puni sans l'avoir mérité. C'est tout de même lui qui s'est perdu, qu'on a brutalement laissé tomber et qui aurait bien besoin d'être rassuré.

Le retour se fait dans une atmosphère glaciale. Pepo s'endort dès la sortie de ville, épuisé de s'être levé à quatre heures du matin pour rien. C'est ainsi qu'il racontera sa déception au père. Aussitôt arrivé au Clan, il sautera du camion, libérera Rigolo de ses attaches et ils partiront en courant. Ratatiné sur le rocher, de la flotte dans les yeux, il demandera pardon. Confusément honteux d'avoir trahi le père, de ne pas l'avoir cru sur parole, d'avoir voulu vérifier par lui-même, il racontera le marché, la foule, le business selon Elya, son envie de fuir. Il racontera comment en suivant les grandes rues désertes, les jardins avec des chiens méchants et ces maisons où l'on ne voit rien, il s'est perdu. Il dira qu'il n'a pas aimé tout ce gris sans vraie terre, ces kilomètres de grillage et ce drôle de silence où aucun oiseau ne chante franchement. Et les odeurs, mon Dieu les odeurs. Qu'on aurait dit compactées en une seule et même boule de puanteur. Une émanation serrée, étouffante, qui racle la gorge et fait tousser. Il oubliera de parler de l'homme au furet, ce serait comme avouer le poids du manque et contre cela, le père ne peut rien. Il imagine très bien la peine que ça doit lui faire d'être parti, il le sait maintenant, cet accident est une épreuve pour tous les deux. En ce moment même, le père doit tempêter de voir Pepo tout penaud, avec la même force que lorsqu'il revenait de la Ville parce qu'au fond, la Ville et la Mort c'est la même chose, elles te privent de l'essentiel. L'Autre. Y'a plus d'amour, rien que de la méfiance. Des grilles, des verrous, des digicodes, des hommes à terre qui ont peur de perdre bien pire que leur dignité, un compagnon. Des familles qui rient ensemble dans des grands jardins avant de partir en laissant un enfant tout seul par terre. Il taira aussi le regard noir de Paolo quand il l'a retrouvé. Et pour ne pas faire de la peine au père et tenter de le faire sourire quand même, il racontera le chemin. Celui à l'aller quand tout le paysage était dans ses yeux, si proche et si loin, infini, à se demander jusqu'où aller. Il murmurera que ça, après coup, il a aimé. Beaucoup. Qu'il aimerait encore faire ça, rouler. Rouler pour avancer jusque dans tous ces autres pays dont le père parlait mais sans plus jamais s'arrêter.

Juste rouler.

C'est ainsi qu'une fois encore, une nouvelle configuration voit le jour. Hors de question pour Pepo de retourner en ville chaque week-end ou jour de marché. Inutile de vouloir le forcer. La seconde fois où il en a été question, il s'est enfui toute la nuit et n'est revenu que lorsqu'il était certain que le camion était loin. Plus personne n'a insisté. Pas même Isabella. Elle a compris qu'il s'était passé quelque chose mais n'a pas cherché à savoir quoi exactement. Ce gamin, au fond, est comme le père. Un solitaire. Qui n'en fait qu'à sa tête. Elle se souvient encore de Pedro, la première fois qu'il est arrivé. Il avait dans les yeux exactement le même paysage fou et changeant dont Pepo a hérité. Cette sorte d'animalité qui tenait tout le monde à distance. Cette blessure secrète qui l'empêchait de se laisser apprivoiser entièrement. Il avait fallu des années pour que doucement il se libère et se confie. Pour qu'il trouve le courage, un seul foutu soir, d'assumer son histoire. Si Pedro a définitivement quitté le monde il y a des années, Pepo n'y est jamais vraiment rentré. En cela, Pepo n'est pas différent du père. Isabella sait qu'il faudra encore du temps pour qu'il apprenne à dénouer ses propres silences. Ou pas d'ailleurs. Car aussitôt remis à la terre, aux bois, à l'espace, Pepo retrouve le sourire. Ce qu'il aime, Pepo, c'est justement cela. Avoir les deux pieds dans la boue, les mains sur l'écorce d'un arbre, la tête dans le ciel, les yeux en pleine lumière, le souffle coupé par le chant d'un geai, d'une mésange et même d'un pigeon. C'est faire de la vapeur avec sa bouche en plein hiver et dessiner sur la buée des vitres tous les mots appris dans le grand dictionnaire du père. C'est fendre l'air avec un simple morceau de bois et voir Rigolo courir après sans entrave. C'est tenter d'appréhender combien de kilomètres un arc-en-ciel parcourt pour enjamber la terre, s'élever dans le ciel et se tenir fièrement au-delà des éléments. C'est renouer avec le printemps comme on renoue avec la vie. Dans une sorte d'évidence, de complémentarité, d'absolu.

L'arrivée de Maître Jean va lui donner toute latitude d'asseoir son mode de vie et de ne plus remettre en question son aversion de la Ville pendant de longues années. Maître Jean, c'est l'instituteur-volant qui revient au printemps et découvre un nouvel élève. C'est à peine 32 ans au compteur et encore beaucoup de naïveté dans le regard. Une passion pour les challenges, les pas de côté, les oubliés de la société qu'on stigmatise trop facilement. C'est une patience et une capacité d'adaptation aussi grandes que la ligne imaginaire de l'équateur terrestre.

C'est, pour la première fois de sa courte carrière, la conviction d'être au bon endroit, au bon moment. Évidemment, avec Pepo, il faut presque tout reprendre à la base mais quelle vivacité, quelle intelligence, quelle mémoire, quelle curiosité. Ce gamin a une soif d'apprendre et une imagination débordante. Chaque jour ses questions le déroutent et le poussent dans ses retranchements. Chaque jour, il se demande sur quelle branche de l'Arbre à feuilles, Pepo va rebondir et vouloir lire une nouvelle page de l'histoire du monde. Chaque jour, il revient plus fier et heureux que la veille, parfaitement conscient d'être totalement sorti du cadre de l'éducation nationale. Et néanmoins convaincu

Tout a débuté vraiment le jour où Pepo lui a dit « pioche », en posant le dictionnaire du père devant lui. Il s'est retrouvé face à un assemblage de feuilles encartées dans une couverture usée, salie, et mille fois manipulée, maintenue par un gros élastique noir. Ni plus ni moins qu'un vieil exemplaire du Littré en un volume. On pouvait voir, sur presque chaque feuille, des traces de doigts, des annotations, des renvois de page griffonnés au crayon. C'est là qu'il a compris le mécanisme d'apprentissage, la clé de voûte qui avait bâti l'éduction de Pepo jusqu'à présent. Là qu'il a eu l'espoir de faire asseoir l'enfant plus de dix minutes avant qu'il ne disparaisse comme cela se passait depuis qu'il essayait de l'astreindre à suivre ses cours. Quand l'enfant est venu, a posé le livre, l'a ouvert devant lui et a dit *Pioche*.

*Pioche un mot et raconte-moi. Son histoire, sa vie, ses batailles. De la genèse jusqu'à maintenant. Donne-moi sa couleur, son odeur, sa texture, sa forme. A quel*

*personnage et époque appartient-il ? Est-il féminin, masculin, pluriel ? Qu'a-t-il accompli ou bouleversé qui compte assez pour faire partie de l'Arbre à Feuilles ? Est-il nom, adjectif, verbe, complément ? Se suffit-il à lui-même ? Quel est son plus proche ami ? A-t-il des ennemis, des contraires ?*

Exactement mot pour mot, comme le père le lui avait appris.

Cette première fois, Maître Jean s'en souviendra longtemps, on était un 13 mars, il était tombé sur le mot Division. Un mot d'apparence simple pour lequel il pensait s'en tirer en donnant un cours de mathématiques, ce qui était un bon prétexte pour vérifier les niveaux et se raccrocher à son manuel du parfait enseignant. Mais c'était sans compter l'acharnement de Pepo qui aussitôt réalisées correctement les cinq divisions avait voulu explorer le mot à sa façon. C'est-à-dire entièrement. D'un bout à l'autre de tous ses possibles. Les questions avaient fusé au fur et à mesure des réponses. Maître Jean était reparti trois heures plus tard en ayant abordé les divisions blindées de la seconde guerre mondiale, les notions de séparation/opposition d'intérêts, les graduations, les différents départements d'entreprise comme la division commerciale et même les classements du football français. Heureusement qu'il avait le dictionnaire sous le coude et qu'il n'était pas tombé sur un mot plus abstrait ou hors de ses compétences. Par la suite, il n'était plus venu que la voiture chargée de manuels, encyclopédies et ouvrages spécialisés en tout genre. Il s'était aperçu que Pepo avait le même intérêt pour toutes les matières. Ce qu'il voulait c'était bien évidemment apprendre mais surtout qu'on lui raconte des histoires. Que le mot s'incarne, prenne sa place, fasse corps jusqu'à en devenir vivant, palpable et digne de figurer sur l'une des branches de l'Arbre à Feuilles. Pour Elya et les plus petits, il avait aussi abandonné la méthode traditionnelle. C'était un cours unique, à la façon Pepo, donné pour tous. Parfois les adultes le rejoignaient et posaient aussi des questions. Cette nouvelle façon de faire enthousiasmait le clan comme il n'avait pas réussi à la concrétiser les deux dernières années qu'il avait passées avec eux. Tant pis pour les devoirs, les notes à mettre, les évaluations qu'il devait rendre. Il bidouillait ça, repoussant plus loin les limites. De plus en plus convaincu que sa mission prenait enfin sens. Non qu'il n'ait jamais eu de grandes ambitions ou d'idéal révolutionnaire. Au contraire même mais c'est comme si toute cette expérience venait réveiller quelque chose en lui qui préexistait déjà sans qu'il ne l'ait jamais soupçonné. Lui l'enfant modèle, le fils de prof, instituteur à son tour, bien normé, marié à une coiffeuse, locataire d'un appartement en attendant de s'endetter pour les 30 prochaines années et encore, seulement si leur premier enfant arrive comme prévu, c'est-à-dire, quand sa femme aura enfin signé le CDI que sa patronne lui fait miroiter depuis déjà deux CDD consécutifs, se révélait. Bien sûr il s'était porté volontaire pour ce statut d'enseignant volant. Ça dénotait tout de même d'un certain anticonformisme, d'une volonté de se brûler les ailes. Un peu comme on demande volontairement sa première nomination dans une classe CLIS* ou une REP*. Mais très vite, il s'était pris au jeu. Avec une facilité déconcertante. Ça lui donnait une liberté que ses collègues n'avaient pas. Il avait l'impression de franchir certaines limites, de sortir du rang, oh si peu mais quand même. Son public était un défi de tous les instants. Il fallait de l'imagination, de l'endurance, beaucoup d'ouverture d'esprit. Ça lui plaisait qu'on reconnaisse ses qualités. Et aussi une sorte d'esprit rebelle, non conventionnel. Empathique même. Sa mère l'admirait ouvertement qui disait souvent « je ne sais pas comment tu fais, tu es si bon. Si généreux». Et lui rougissait. Puis il se taisait. Car au-dedans il savait. Évidemment ce n'était rien de tout cela. Bien sûr il était le prof, celui qui sait et pourtant c'est lui qui, tous les jours, apprenait. Pas les livres mais la vie. Enfin, ce qu'il lui semblait être la vraie vie. Affranchie de ses codes, de ses cases et de ses contraintes. Parfois même hors la loi. Avant même le Clan, il avait eu la charge d'autres communautés. Des vrais gitans. Purs et durs. Hiérarchisées jusqu'au presque « Baisemain » sicilien. Mais il avait toujours su y faire. Comme si être avec eux était une façon de se révéler à lui-même. Tel que personne ne l'avait jamais connu. Tel qu'il ne voulait pas qu'on le sache. Parfois borderline. Une sorte de crise d'adolescence qu'il n'avait jamais faite et qui s'éternisait pourtant. La rencontre avec Pepo avait été comme une consécration. La cerise sur le gros gâteau de son évolution. Comme l'aboutissement de ce qu'il avait toujours cherché inconsciemment. Cette liberté d'esprit, ce prodigieux appétit de vivre, cette mémoire titanesque au seul service du plaisir, du grandir. Sans autre but que la connaissance. Rien à monnayer, juste une large soif de découverte. Et il le sentait qu'un jour Pepo le surpasserait. Qu'il partirait. Que le monde ne serait jamais assez grand, large et long. Lui, Maître Jean serait encore à peindre sa clôture et à payer ses dettes, que Pepo serait loin. À bouffer le monde de son regard plein et tendre et changeant. Le cœur à vif, l'âme à nu, le rire en bandoulière et tous les papillons du monde en farandole. Parce qu'il était ainsi Pepo qui pouvait rire et courir et s'asseoir et se taire avec la même intensité, dans une sorte d'indolence, jamais de paresse, mais une vraie façon d'être en entier dans l'instant. À tenter de tout déchiffrer pour se comprendre. Pour peut-être réparer une blessure qu'il mettrait des années encore à apprivoiser. Sans savoir qu'on ne répare rien. Tout au plus y survit-on. Que le vide est toujours trop proche. Nos pas terriens en équilibre compté. Nos motivations enfouies dans les poches secrètes de nos failles les plus profondes. Et de savoir cela, de le vivre par procuration, de le partager secrètement avec le Clan, sans rien dévoiler à ceux qui, femme, famille, amis, collègues, l'entouraient lui donnait une épaisseur de vie qui, de plus en plus souvent, le faisait se sentir pleinement exister.

Pour Pepo aussi, ce fut un printemps galvanisant. Il renouait avec une part de lui-même dont la mort du père et l'hiver au clan l'avaient dépossédé. Son imagination galopait de nouveau, aussi loin que ses virées avec Rigolo l'emportaient. Il explorait enfin le monde au-delà des limites du Clan, dans une soif de savoir qui, au moins la journée, chassait la peine que le père ne soit pas là pour voir et entendre tout cela. Maître Jean, comme il se faisait appeler par toute la communauté, était un sacré dictionnaire à lui tout seul. Pepo était subjugué par toutes ses connaissances. Oh, il n'avait pas la même façon que le père de déclamer ou de mimer, il était plutôt maladroit et pas très fort mais il en savait beaucoup. Plus que le père, Pepo avait bien dû se l'avouer et l'avouer au père. Il n'avait pas réussi à le piéger une seule fois. Si sur le coup, Maître Jean avait un blanc, il rajoutait toujours, *rien qu'un bon vieux trou de mémoire, ça va revenir,* et le lendemain, en effet, il revenait avec la ou les réponses. Jamais il ne s'avouait vaincu.

C'est ainsi que Pepo apprit qu'il existait des écoles où on enseignait toutes ces choses. Que s'il le souhaitait, un jour il pourrait y aller. Qu'il avait le niveau. Un très bon niveau même selon Maître Jean. Et il en avait été fier, Pepo, il avait couru jusqu'au père pour le lui dire. C'était bien grâce à lui que Maître Jean le trouvait intelligent et sacrément futé. Toutes ces années à l'écouter lui raconter l'histoire du monde à la lueur des bougies étaient récompensées. Mais quand Pepo avait su que l'école se trouvait à la Ville, il avait dit non. Même si ce n'était pas la grande, celle qui chapeaute les petites, il avait dit non. Et c'était un non catégorique, volontaire, qui n'admettait aucun pourparler. Qui plus est quand cela voulait dire être parti plus de sept heures par jour, assis sans bouger, loin du clan, loin de Rigolo et loin du père. Quelque chose en lui n'était pas encore prêt pour ça. Ne le serait peut-être jamais. Et c'était tout aussi bien. Le Clan aimait bien le professeur-volant et sa nouvelle façon d'enseigner. Il aimait qu'on vienne à lui et qu'il ne soit pas obligé de s'exposer. Les hommes partaient travailler et les femmes sortaient faire les courses mais pour le reste, ils préféraient vivre entre eux. Ils savaient ce que la population pensait d'eux, ce qu'elle tolérait depuis des années à cause de cet hurluberlu de Vieux Baron. Pour l'instant et en l'état, eu égard à la disparition du père et à la présence de Pepo, il valait mieux ne pas se faire remarquer. Pedro avait vécu là des années, sans faire de bruit, ni de vague. Pepo n'était jamais sorti du périmètre de la caravane. Quoi que le père ait un jour confié, personne ne savait exactement d'où il venait, pourquoi il vivait reclus avec son fils, où était sa femme, si même l'enfant avait été un jour déclaré. Que Pedro soit mort et enterré sur ses terres, qui étaient en fait celle de la commune, ne devait pas se savoir. En tout cas, pas encore. Pepo avait réussi à trouver sa place, il semblait même s'épanouir avec eux. Inutile de remettre tout ce fragile équilibre pour une histoire de scolarité. Maître Jean s'avérait fiable, dévoué à leur cause, heureux de venir chaque jour leur enseigner ce que les enfants étaient censés être obligés d'apprendre. Cette version des choses satisfaisait tout le monde.

Et puis grâce à Pepo et à son dictionnaire magique, c'est tout le Clan qui profitait de cette aubaine. Parfois, le weekend, quand Maître Jean était absent, ils jouaient entre eux à donner des couleurs, des formes et des odeurs aux choses. Quelqu'un criait *Pepo, le dictionnaire, maintenant,* contre toute attente ce quelqu'un était souvent Paolo qui avait trouvé là le moyen de parler sans en avoir l'air et c'était parti pour un tour de caravane. D'un porche à l'autre, le mot rebondissait, grossissait, devenait ce que chacun pouvait témoigner de connaître. *Non le soleil n'était pas que chaud, brûlant, aveuglant. Il était loin d'être jaune, mais plutôt or, blanc ou rouge. Un or sauvage comme une morsure de sang. Il pouvait selon les saisons avoir un goût de paille ou de terre et sentir l'humus ou l'herbe tiède. Il était loin d'être rond et lourdaud mais plutôt haché, strié d'ombre, aussi vaporeux que l'air. S'il avait été un animal, il aurait été un volatile, et s'il avait été un homme, il aurait été Dieu. Il avait des yeux partout et ainsi, volait tout à l'invisible.*

*Il avait pour lui la puissance d'un fer à souder et la faiblesse de devoir s'enfuir la nuit.*
Et ça durait comme ça un long moment pour irrémédiablement finir en chanson. D'un mot à un souvenir. Il y avait toujours un air qui induisait un sifflotement et une guitare qui sortait de son étui.

Ce printemps fut comme une renaissance. Pepo avait su transmettre le virus du père et les convaincre que le dictionnaire valait bien toutes les chansons du monde. À lui seul, ce grand livre renfermait toute l'histoire des hommes et contenait tous les mots qui avaient servi à écrire les autres. On pouvait ne pas les avoir lus, mais on pouvait les deviner, les inventer, les recréer. Chacun à sa façon. Et le voyage n'avait pas de limite. Comme avec la musique. Quand la dernière note s'achève et que le cœur suspendu, on poursuit la rêverie qu'elle a engendrée. D'être ainsi pour eux, ce que le père avait été pour lui guérit momentanément Pepo de la honte, de la tristesse et du manque. Puis l'été arriva et Maître Jean partit en vacances.

Une fois encore, Pepo dut s'adapter. À croire que cette année-là, celle de ses sept ans, les saisons s'enchaînaient sans lui laisser trop de répit. Ce ne fut pas du même silence, brutal et terrassant, que souffrit Pepo. Ce ne fut pas de la perte, ni du désarroi ni de ne savoir quoi faire. Maître Jean avait été prévoyant. Il avait laissé à disposition des cahiers de vacances et des tas de livres. De quoi solliciter son intellect sans s'ennuyer. Mais justement, c'est bien de cela qu'il allait s'agir.

Pepo fit des découvertes qui, une fois encore, bouleversèrent son existence.

ETE

*Oser grandir,
C'est patienter longtemps sur le bord du chemin
Et d'un coup se mettre à marcher.*
                    Cahier 7 / Pensées 67.

L'été, le Clan avait un autre rythme. Les hommes étaient partis parfois deux à trois semaines d'affilée. Quand ils revenaient, ils ne restaient qu'une journée ou deux puis ils repartaient. Demeuraient les femmes qui géraient seules les vieux et les enfants, les jours de marché et les courses et le quotidien. Autant dire que le jeu du dictionnaire magique avait fini aux oubliettes. Pepo passait de longues heures isolé comme ce n'était pas arrivé depuis avant le père. Le matin, il faisait ses corvées mais l'après-midi, il était de nouveau livré à lui-même. Et c'est dans ces heures creuses, allongé sous un arbre, appesanti de chaleur, Rigolo contre lui, qu'il découvrit réellement ce qu'était la lecture. Pas celle du dictionnaire, du sens des mots, du passé du monde. Pas celle que l'on pioche dans le Littré du père et qu'on invente à partir d'une image ou d'une définition. Pas celle qui parle de la vérité et de tout ce que l'homme a fait et défait. Mais celle qui découle de la lecture toute simple d'un roman. Une fiction. Un récit. Des pages entières pour de faux et qui pourtant paraissent si vraies. Une histoire écrite de bout en bout par une seule personne qu'on appelle un auteur. Un magicien capable avec même pas 10% des mots du dictionnaire d'écrire ce que le père n'avait encore jamais raconté. Et Maître Jean avait ratissé large. Il avait laissé à Pepo une bonne quinzaine de livres de la bibliothèque verte et son « Club des cinq », mais aussi des bandes dessinées d'Astérix, des magazines de Picsou, deux romans de Jack London, l'Appel de la Forêt et Croc Blanc ainsi que Chiens perdus sans collier de Gilbert Cesbron.

À quoi Maître Jean pensait-il en mélangeant ainsi les genres, les styles, les univers ? Pressentait-il déjà les inclinations du gosse ? Se doutait-il déjà de là où irait sa préférence ? Avait-il délibérément noyé le poisson ou véritablement agi sans y penser ? Si les aventuriers de la bibliothèque verte avaient amusé Pepo, les bandes dessinées l'avaient distrait, Jack London passablement enquiquiné, Cesbron le scotcha. Il lut le livre trois fois et les trois fois, il crut que l'auteur était entré en lui pour voler son âme et piocher dans le ventre de son histoire.

À mains nues.

On ne peut pas s'appeler Pepo, traverser l'écriture désuète mais si juste de ce livre et ne pas se sentir épidermiquement concerné, faire semblant que c'est du faux. On ne peut pas ne pas s'apercevoir que tous ces destins n'en racontent finalement qu'un. Toujours le même. Brisé dans l'âme. Émietté dans le devenir. Irrémédiablement isolé du reste du monde. Pour Pepo, lire *Chiens perdus sans collier*, c'était comme se regarder dans un gigantesque miroir grossissant. Chaque page entrait en résonance avec tout ce qui bouillonnait en lui qu'il ne savait pas encore dire. Avec celui-là, plus que les autres, Pepo avait eu la tête en ébullition. Il ne pouvait garder tout ça pour lui. Il cherchait un interlocuteur. Il avait besoin de partager. D'expliquer. Toutes ces histoires qui chevauchaient le temps et l'existence comme si on y était. Qui faisaient de vous un héros. Plus qu'un héros, un ami dont on se sentait proche, comme ça, sans l'avoir réellement rencontré mais par la force des mots. Qui réveillaient toutes les émotions qu'on pensait tranquillement endormies. C'était d'une telle puissance et d'une telle force que ça le débordait. Et il n'avait personne avec qui évaluer cela. Personne qui ne l'écoute au-delà de dix minutes. Parce qu'il s'emballait, Pepo, qu'il voulait re-raconter l'histoire et tout le monde, même Elya le regardait comme s'il était devenu fou. Tous les soirs, la même rengaine. Il avait tenté de leur faire la lecture mais rien ne les accrochait. C'est long la lecture, il aurait fallu une voix, un accent, il essayait Pepo mais il les perdait en cours de route. Alors il tentait de raconter au père, debout sur le rocher, en chuchotant l'intrigue comme un secret mais le père restait muet et la frustration de Pepo se fracassait sur le rocher. En fait, chacun avait mieux à faire, pas le temps et puis d'un coup il était trop tard. C'était plus facile de se laisser berner par la boîte à images. Même Pepo ne refusait pas d'y glisser sa tête le soir. Acculé à vouloir fuir, oublier, ne plus penser.

Et Pepo de penser rageusement à quel point la vie est têtue. Constamment là, au taquet, à toujours te rabâcher la même chose. Tu as beau vouloir lui échapper, un jour elle finit par te rattraper et d'un coup, d'un seul, te remet sur le chemin. Même si tu te caches, surtout si tu te caches. Comme ça, nonchalamment, en plein jour d'été, en pleine lecture d'un livre, tu butes sur elle ou ce qu'il en reste, le cadavre du père, même pas encore froid, là, devant toi, à tes pieds, dans une position incongrue. Tout recroquevillé sur lui-même - position fœtale mortifère que plus aucun cordon ombilical ne relie à rien. Ou peut-être à son bourreau, en train de s'en repaître, quelque part dans une forêt sombre et déserte. À quelques heures près, les chevreuils et les sangliers se seraient disputés ses lambeaux de chair, ne laissant aux vautours que sa charogne et au petit matin, il n'en serait rien resté. Pepo n'aurait pas trébuché dessus, une fois encore, il aurait continué ses déambulations nocturnes et métaphysiques, peut-être jusqu'à en crever, sans jamais trouver de réponse. Parce que la nuit est ainsi faite qu'elle te fourvoie en brouillant les ombres, en recouvrant tout, comme une mer étale que l'on croit tranquille mais dont les tréfonds bouillonnent pourtant, ne demandant qu'à jaillir. Ainsi va l'entêtement de la vie qui en pleine nuit d'été sonne le glas. Pour Pepo, le temps de la fuite est fini. Il ne peut pas faire comme s'il n'avait pas buté contre la littérature. Ces jets d'encre et de sang qui plongent loin en dedans et te retournent les tripes. Il ne peut pas faire comme s'il n'avait pas lu. Il ne pourra plus jamais faire sans. *C'est tout le défi de la vie que de comprendre ça Pepo, tout le défi et sa beauté et sa désespérance. L'univers ou Dieu ou le Diable, ou tous à la fois, tiens, pourquoi pas, ne sont rien moins que de fieffés noceurs, Pepo, et de foutus saltimbanques. Ce qu'ils aiment par-dessus tout c'est la valse, que ça pulse et tournoie en un mouvement perpétuel. Jamais là où on les attend. Il y a longtemps de cela maintenant, ils ont choisi la Terre comme toupie puis l'homme comme pantin et, devant sa couardise légendaire, n'en ont plus jamais changé. Pour se distraire et se délecter, certains terriens ont leur préférence. Je crois que, tous les deux, on est un foutu putain d'exemple. Ni plus ni moins. Et c'est ainsi.*

Et Maître Jean qui en rajoute et lui joue un sale tour, comme si ce n'était pas assez. En plus de l'univers, Dieu et le Diable. Maître Jean qui balance tout son barda sur Pepo et se tire deux mois entiers. Avec pour excuse - et/ou consolation - juste cette foutue phrase énigmatique *tu vas voir, lire c'est vivre dix fois plus, encore plus fort, tu vas adorer*. Oui, évidemment, après coup, il avait raison Maître Jean mais pas que. Et pas sans douleur. Pas sans danger. Il fallait pouvoir porter le poids de tous ces mots et surtout de toute l'imagination de Pepo qui répercutait chacun d'eux à cent à l'heure, qui lui rentraient dans la chair, sous la peau, en plein cœur. C'est que les mots, il les connaissait Pepo, il savait leur histoire, ça en faisait du sens et des multitudes d'histoires qu'on pouvait encore raconter après coup. Et même ceux qu'il ne connaissait pas et qu'il apprenait, mais quelle bouillasse ça faisait. Parfois ça lui collait aux semelles et l'embourbait comme de la vase. Y en avait du monde dans sa tête et sur l'Arbre à Feuilles. Beaucoup trop parfois. Tellement tant.

Et beaucoup de vide. Encore. Toujours. Juste après le point final. L'histoire est terminée, les personnages sont partis et, de nouveau, pour Pepo, c'est la fin du monde. D'un autre monde. Comme un désert d'imagination. Buter contre une racine, une vraie, se faire mal, dans sa propre chair pour revenir à la réalité. Quitter ses autres habits, qui n'étaient pas les siens, mais qu'il portait sur lui, pourtant. Dans chaque mot de chaque phrase. Et la chaleur que ça lui faisait au ventre d'être ainsi habité. De porter vie à un autre que soi, presque le même, tellement qu'on y a cru. Pepo, le temps d'un récit, devenait multiple. Vivant. Heureux. Enfin ailleurs.

Oui, Maître Jean avait visé juste. C'était sa revanche à lui sur la vie. Un cadeau qu'on lui avait fait un jour mais qu'il n'avait pas su transmuter. Avec Pepo, il devinait d'avance les répercussions. Pepo, c'était l'élève qu'on rêve tous d'avoir ou même d'être. Avec de surcroît, une intelligence et une mémoire tellement hors norme pour un enfant de son âge qu'elles présageaient certainement d'un QI élevé et d'un HP de compétition. Lui-même n'en saurait jamais autant. Le peu de savoir qu'il avait engrangé, il n'en avait rien fait, il était resté dans le rang. Pepo, lui, ne l'avait jamais été dans le rang. Pour lui ce serait un tremplin. Maître Jean le savait. Une fois cette puissance apprivoisée, Pepo s'envolerait.

Ainsi, le mal était fait. Pepo avait découvert la lecture et cette partie de lui devenue dépendante en un été, allait, au fur et à mesure des années, grossir jusqu'à se révéler vorace, exigeante, maladivement essentielle. Sa caravane allait progressivement se transformer en bibliothèque, dépouillée de toute autre nécessité que ses propres affaires et les quelques centaines de livres que Maître Jean et lui allaient patiemment dénicher à l'extérieur du Clan. À cette seule et unique fin, il consentirait très souvent à des allers-retours en Ville ou dans les villages du département pour fureter les brocantes, les marchés, les ventes d'occasion. Il ne les rangerait ni par genre ni par auteur comme Maître Jean avait pu lui suggérer mais selon quatre catégories bien particulières. Un classement issu de sa seule logique que même Maître Jean ne remettrait jamais en question. Un classement à hauteur du vieux frigo du père qui lui servira de première bibliothèque.

Il y aura les livres liquides, ceux que l'on range dans la porte, à portée de main et d'yeux, en tranche verticale, bien visible, qui te filent de la flotte partout, mais dont tu sais qu'ils sont une source d'émotion inépuisable (l'intégrale de Cesbron évidemment, dont *Chiens perdus sans collier* le suivra toute sa vie). Viendront ensuite, les nourriciers, ceux que l'on range dans le compartiment à légumes, qui sont la racine de l'homme, tous ceux qui relatent ses origines et ses mystères d'évolution (livres d'histoires, encyclopédies animalière, ouvrages scientifiques, Darwin, Newton, Galilée pour les plus connus et les moins compliqués). Puis les joyeux indispensables, les récréatifs, en vrac sur les étagères du milieu, qui parlent d'aventure, de mille et un sujets et anecdotes du monde (les polars, la SF, les BD). Et enfin les sacrés, tout en haut, un peu inaccessibles, comme le Littré du père et quelques autres qui renferment des idées plus que des histoires, des façons de penser, les grand maîtres, les grandes théories, la théologie, la philosophie, les Arts.

Et même la Bible.

Bien plus tard, quand l'habitat des livres aura déserté le vieux frigo, les quatre catégories perdureront. À ce moment-là, les livres seront pour Pepo une certitude. L'axe majeur qui permet à l'homme d'appréhender le monde tout autant qu'un refuge. Un édredon de remplacement. Une sorte d'interface définitive entre lui et le monde. Une fin de non-recevoir. Une distance imposée et respectée par tous. Ainsi, blotti dans les pages d'un livre, plus aucune absence ni déconvenue ne pourront plus l'atteindre. Le silence avait perdu. Doublement perdu même. Car cinq étés plus tard, dans ce grand remaniement de vouloir transformer la caravane, de trier l'inutile du fondamental, de vider étagères, tiroirs, recoins et poches secrètes, encore une fois, plus profondément que la première fois quand le Clan l'avait rapatrié pour installer Pepo parmi eux, et ce, afin de ne garder que l'espace de dormir et de tout vider, pour à l'avenir en faire une bibliothèque géante, Pepo découvrit les cahiers secrets du père. Au-dessus de la porte d'entrée, sur la plus haute étagère, derrière les verres, les mugs, et les tasses, bien au fond et seulement parce qu'il avait eu le bras long, le nez fin, la curiosité jusqu'au-boutiste, il les trouvera. Enfermés dans un plastique blanc, neuf petits cahiers à spirale, recouverts d'une écriture minuscule, presque illisible.

Des centaines de phrases.

*Ainsi, nous ne serons jamais plus ensemble*
*Et le monde pourra faire tout le bruit qu'il veut*
*Ton silence sera toujours plus fort que lui.*
Cahier 8/ Pensées 81

Et quelques dessins.

Toujours la même image. Des dizaines de fois, esquissée. L'Arbre à Feuilles. Comme le père devait se le représenter. Avec son tronc noueux, ses hautes branches et ses milliers de pages pendues, noircies d'anecdotes, d'histoires, de vie. Toute l'âme du père libérée en un instant, à découvert, mise à nu, étalée devant Pepo. Dans la nomenclature livresque de Pepo, une catégorie à part, au-dessus des quatre autres dont il ne parlerait jamais. À personne. Aussi intouchable que le grand dictionnaire, qu'il ne prêterait plus qu'en de rares occasions. Avec cette certitude qu'un usage trop mouvementé pourrait l'altérer, l'abîmer, le déliter. Alors qu'il tenait là un héritage hors norme. Sans se le représenter vraiment, ni en soupçonner toute l'implication, Pepo ressentit pourtant ce jour-là comme une sorte d'écrasement. Comme si le père avait voulu transmettre, au-delà de toutes ces lignes, écrites et dessinées, quelque chose que seul le temps déterminerait comme absolument essentiel.

Ou terriblement dérisoire.

> *Au moins une fois par jour, être dans le giron du monde, là où naît toute chose.*
> *Ecrire pour pouvoir respirer.*
> *Cahier 1 / Pensée 1*

Premier cahier, première pensée et déjà la flotte revenait, débordante comme la nuit où le père avait chuté. Pepo s'en souvient à présent. Il l'a vu tomber, mettre une main sur son cœur, vaciller, vouloir parler puis se taire. Pepo s'était élancé, il revoit précisément ses gestes, il a voulu relever le père, au moins sa tête, la poser sur ses cuisses, la prendre entre ses mains, la caresser. Mais comment et pourquoi, il avait su, compris que ça ne servirait à rien. Que c'était fini. Que c'était trop tard. La mort avait parlé et Pepo avait entendu. Il faisait nuit, il avait regagné le lit, la chaleur, la brique qui se refroidissait et il avait attendu. Sans s'en rendre compte. Comme dans un rêve ou un délire. Dans un incommensurable silence. Et ça avait duré longtemps. Avant que ne vienne le déclic où il s'était décidé à se lever. Et à l'abandonner.

Cette nuit-là où le père était tombé, où Pepo n'avait rien vu du Grand Tisserand, de son chemin du bout de l'île et de son bout de ficelle, le père n'avait pas du avoir le temps d'écrire. Pepo y pense souvent comme à un grand regret. Peut-être l'aurait-il fait s'il n'était pas mort. Peut-être un jour, il aurait dit à Pepo, *Tiens regarde, c'est pour toi. Voilà ce que je fais quand tu dors et que moi je veille. Toute la vie se résume à cela Pepo. Un grand arbre et d'innombrables pensées. Qu'il faut garder secrètes, faire sécher longtemps avant d'oser les offrir. Il est là le vrai Arbre à Feuilles. Celui qui nous raconte et qui fait qu'un jour, nous existons, nous aussi. Sur quoi ? Même pas une ligne du Grand Arbre à Feuilles de l'humanité mais nous existons, Pepo. Nous devenons histoire.* Et Pepo se dit qu'un jour lui aussi il la racontera cette histoire. Ce père, beau et grand comme le monde. Peut-être pas comme Cesbron, avec ces mots qui fouillent l'âme aussi bien. Mais il essaiera. Pour le père. Pour qu'après lui, quelqu'un sache qu'il a existé. Que sa feuille d'arbre est là. Même s'il n'a pas eu le temps de la compléter, de tout dire. Il y a quand même neuf cahiers. Et des dizaines de pensées qui l'ont fait homme. Alors que Pepo dormait, les rideaux tirés, et que personne, pas même la lune ne pouvait lire ce que le père pensait.

Et pourquoi son cœur battait.

*Aussi omniscient qu'impuissant,
l'homme est comme une plume d'oiseau,
Qui balaie l'espace entre deux rives
Et tente de dessiner un pont
qui servira à la traversée des possibles.*
                                    Cahier 2 / Pensées 27.

Mais nous n'en sommes pas là. L'été prend fin et c'est avec un reste de colère et de rancune dans la voix, que Maître Jean est reçu à son retour en septembre. La première semaine, Pepo déverse sur lui, sans vergogne, toute sa frustration. Il l'interrompt sans arrêt, l'affronte ouvertement. Cet été, tout seul à se débattre avec ses maudites lectures, a été la goutte d'eau qui a fait déborder le vase. Depuis des mois, il assume dignement la mort du père, l'installation au Clan, la désillusion de la Ville et quand enfin il trouve un homme à sa hauteur, capable de piger tout ça, Pepo de nouveau se retrouve seul. Évidemment il est incapable de mettre des mots et une pensée sur tout cela. Au contraire même. À ce stade, il vit une sorte de régression. Instable, rebelle, replié sur lui ou colérique, triste et fuyant. Il est comme tous ces enfants qui grandissent d'un coup, trop tôt, trop vite. On ne le voit pas de prime abord et puis un matin cela saute aux yeux. Ca devient évident, frontal, presque provocateur. Les différents paliers sont tellement passés inaperçus que d'un coup, on assiste en direct à la nouvelle mue. Pour Pepo, l'apothéose, le sans retour, le définitif arrive précisément,

Un 3 octobre.

## AUTOMNE

*Pour apprendre à danser sous la pluie,*
*Encore faut-il avoir le droit de danser.*
Cahier 5 / Pensées 51.

Ce soir-là, après une journée d'errance, disparaît toute trace du petit garçon qui était venu rejoindre le clan neuf mois plutôt. Il rentre à la nuit tombée avec dans le regard tout le gris du ciel qui s'est déchargé en pluie depuis le matin. Comme si les trombes d'eau avaient eu le pouvoir d'effacer tous les azurs, les verts et les bruns tendres de ces yeux. Ne laissant en lieu et place qu'une pupille noire, d'une grande densité et d'une infinie tristesse.

Ce soir-là et les suivants, il ne dit rien de là où il est allé ni de ce qu'il a fait. Isabella voit qu'il s'est passé quelque chose, qu'il n'est plus le même mais il persiste à garder le silence. Il faut attendre le 15 octobre, jour anniversaire du bébé Esteban pour que tout le gris chagrin du 3 s'ouvre enfin sur un aveu. Il ose dire que lui aussi avait un anniversaire, qu'il a fêté seul, loin du Clan, loin du père, recroquevillé sous un éboulis de pierres qu'il a déniché cet été lors de ses pérégrinations, à au moins cinq kilomètres de leurs caravanes. Et, en soulevant la manche de son tee-shirt, il leur montre. A quel point c'est vrai. À quel point c'est définitif. Le Clan est consterné. Pourquoi n'a-t-il rien dit ? Et comment s'est-il fait ça tout seul ? Elya, la première, dans un élan de compassion, veut se jeter sur lui comme elle n'a pourtant aucune habitude de le faire mais c'était trop tard. Il la repousse. Ainsi qu'Isabella.

Puis il s'explique. à ce moment-là, il est sans colère, sans violence. On pourrait croire sans tristesse. Comme si la mue faite, ça y est, il a accepté que tout soit comme cela est. Personne n'était au courant que c'était son anniversaire et pour cause lui-même a failli l'oublier. C'est Maître Jean en arrivant le 3 au matin qui le lui a rappelé. Innocemment. Et abruptement. En énonçant la date du jour et le saint associé comme il le faisait habituellement avant de commencer les cours. C'était comme une mise en bouche, un échauffement avant chaque nouvel apprentissage. Ce jour-là, le 3 octobre, était la saint Gérard. Aussitôt prononcé et avant même d'entendre cette chose déjà sue, que c'était un Bénédictin qui réforma de nombreuses églises, Pepo s'était enfui. Elya avait pu voir sa tête prendre la couleur de la craie, aussi blanche qu'un faisceau de nuage, ses yeux tournoyer, sa bouche s'ouvrir sans se refermer et ses jambes se mettre à courir. En laissant tout en plan.

3 octobre. L'histoire de sa naissance, de son prénom, Pepo, et certainement pas Gérard. Pourquoi c'était un beau jour. Comment le père chaque année le lui répétait. Les seules fois où il faisait tournoyer Pepo dans les airs et où, quel que soit le temps, il enfourchait la Guzzi et c'était parti pour un tour. Normalement ce jour-là, Pepo aurait été réveillé avec un énorme petit déjeuner. Toutes les viennoiseries qu'il adorait mais que le père achetait rarement et qui débordaient des sachets gras. C'était le jour où la limonade coulait à flot. Où partout autour de la caravane le père avait caché des cadeaux. Un nouveau pull, une paire de chaussures, des chaussettes, des sweat-shirts. Que du neuf. Choisi et acheté en vrai, pas rapporté des farfouilles ou des dons ou de je ne sais quelle femme d'un collègue qui pensait toujours faire plaisir. Non, c'était un parcours de convoitises rien que pour lui. Le seul jour où il pleuvait du bonheur à chaque seconde. Le père ne fêtait que cette date mais il la fêtait bien. Parce que ce jour-là était comme le tatouage du père. Quatre petites lettres qu'on aurait dit de rien du tout dans le

grand vivier des naissances mais gravées pour toujours dans sa chair. Et son cœur.

Et lui, Pepo, normalement, ce jour-là, il n'aurait pas dû oublier. Il aurait dû s'en souvenir. Il y avait même pensé quelquefois cet été. Confusément conscient que ça serait une drôle de journée. Sûrement pas facile. Il avait hésité à en parler. Puis il l'avait relégué. En prise avec sa boulimie livresque et ses répercussions. Et là, c'était venu le cueillir à froid, un lundi matin. Alors oui il avait fui. Qu'est-ce qu'il pouvait faire d'autre ? Même le ciel n'avait pas caché sa peine, il avait flotté par tous les pores, au moins autant que lui avait pleuré, comme un gosse, alors qu'il avait enfin huit ans. Ça n'avait pas de sens. Ce jour-là, il n'avait pas osé être heureux ni malheureux. Il n'avait pas osé dire. Ce jour-là le père avait promis un cadeau qu'il avait dû s'offrir tout seul.
Comme un grand.

Loin du Clan, à l'abri des regards et surtout de la peur que quelqu'un ne veuille l'en dissuader, la pointe du couteau chauffée au maximum était venue entailler la chair, point par point, goutte de sang après goutte de sang. Comme le père avait expliqué. Sans à coup, avec patience et précision. Visualiser la forme, l'espace, et sans trembler, piquer. Ça lui avait pris trois bonnes heures. Sur son avant-bras gauche, dans un effort vain de retenir ses larmes, Pepo avait dessiné un « P », collé à un « 8 », le tout surmonté de trois petites étoiles. Normalement cela aurait dû être exécuté par un vrai tatoueur avec une aiguille fine et de l'encre noire mais dans sa fuite Pepo avait improvisé avec le couteau du père et un briquet qu'il gardait sur lui en permanence. Il avait dû trouer profond, à maintes reprises pour être certain qu'avec le temps la cicatrice ne s'efface pas. Ne s'efface jamais. C'était un tatouage de guerrier, Pepo en avait bien conscience, rien à voir avec ceux du père, ni avec celui qu'il aurait dû recevoir en cadeau ce jour-là mais il en était fier. Il le savait, un cap était franchi. A un moment la flotte avait même cessé de tout vouloir dégueulasser, autour de lui et en lui. Il avait regardé le résultat et il avait presque souri. Ce « P » un tantinet maladroit, ce « 8 » tremblant et ces trois étoiles qui ressemblaient pourtant plus à de banales croix marquaient une nouvelle naissance. Une appartenance définitive. « P » pour Pédro, Poline et Pepo. 8 pour 8 ans : égal trois étoiles subrepticement liées un 3 octobre. Il avait beau être né à la saint Gérard, son prénom était unique et certainement pas celui de milliers d'autres petits garçons. C'était la contraction de ceux du père et de la mère, *Pe*dro et *Po*line. Pepo qui ainsi rimait avec Beau, avec Haut, et même avec le célèbre Edgard Poe. Ainsi, le fils serait un grand homme. Le père avait cherché. Pepo n'avait qu'un homonyme, de surcroît italien, promoteur de la redécouverte du droit romain à la fin du XI° siècle. Pas de quoi se sentir offensé mais au contraire se sentir libre. De ne ressembler à personne d'autre qu'à lui.

*Tu vois, Pepo, ton prénom, c'est une grande déclaration d'amour. À la base, une énorme fusion. Tes origines n'appartiennent qu'à toi. Comme une destinée. Unique et singulière. Dont tu feras ce que tu voudras. Et ce, quels que soient les trous, les murs, les portes. Perce, abats, claque autant que tu veux. Mais quoi qu'il arrive, ne te laisse pas arrêter. Ni tergiverser. Même si moi aussi, comme la mère, un jour, je disparais.*

Et bien voilà, il avait gagné le père. C'était chose faite. Ce 3 octobre de sa huitième année, plus que le jour même de la mort du père, Pepo avait compris. C'était fini. Il était seul. Et s'il avait pu oublier sa date de naissance, à 8 ans, dorénavant, il s'en souviendrait. Le tatouage serait toujours là pour le lui rappeler. Ainsi que les paroles du père. La mue était achevée. Pourtant, si Pepo avait regardé dans le grand dictionnaire du père à ce moment-là, il aurait su que rien jamais n'est définitif, surtout pas une mue de croissance. Qu'il faut en passer par au moins sept étapes, quasi invisibles et que même alors, l'homme a une croissance continue tout au long de sa vie. Que le chiffre 8, symbole de l'infini, lui fournissait la perspective de possibilités plus vastes encore.

Le père aurait alors peut-être rajouté *Qu'enterrer une peine ne nous prive pas des suivantes, qu'il en est des certitudes comme des croyances, elles sont juste là pour nous faire passer la pilule. Nous donner la possibilité de s'asseoir benoîtement. Avant de mieux repartir.*

Est-ce pour cela qu'Isabella s'est tue à cet anniversaire-là et aux suivants. Pour donner à Pepo le temps de muer encore un peu plus. Pour ne pas en rajouter et lâcher du lest. Est-ce qu'elle a senti instinctivement, comme une mère, qu'il était trop tôt, même si se taire c'était mentir, il serait toujours temps. Parce que dans l'histoire que se racontait Pepo, tout était juste. Incomplet mais juste. Et que cela suffisait. Pour ses 8 ans, même à se croire déjà un homme, le cœur n'a pas fini de se consolider. Elle ne serait pas celle qui, une seconde fois, lui infligerait une nouvelle déchirure.

Pepo devait le pressentir, qui gardait cachée, enfouie loin dans les entrailles de la caravane, la pochette sacrée de sa naissance. C'était un autre butin de guerre. Sûrement pour plus tard. Là, ce 15 octobre, il a raconté ce qu'il fallait. Sans se presser. Comme si au fond tout était normal. Sans gravité. Juste pour qu'ils sachent. Il avait eu le regard clair à ce moment-là. Il ne s'était plus dérobé. Isabella a cru qu'il allait pleurer mais non. La source avait tari. Peut-être pas définitivement mais pas loin. Il avait inscrit les faits aux yeux de tous. Plutôt fier en fait. Pour dire voilà, c'est comme ça que j'existe. Je ne suis pas fou. Je me souviens. Voyez mon bras, tout est là maintenant. C'est peu de place en vérité et pourtant c'est tellement grand. C'est presque une vie. La première que j'ai eue. Combien d'autres suivront ? Aurais-je le temps d'en faire un dessin ? Le père disait *c'est si facile de traverser cette vie sans que rien ne s'inscrive vraiment. Si facile et tellement creux.* Pepo avait conclu par *Je comprends maintenant*, et avait répété plusieurs fois, *je comprends. Moi je n'oublierai pas. Plus jamais.*

Après ça, la vie a filé. Les quatre saisons se sont accumulées, renouvelées, ragaillardies comme un cycle sans fin. Repu par cette huitième année, Pepo a eu 9 ans, puis 11, puis 13. Et enfin 15. Dans une progression constante. Presque facile. Le plus dur avait été fait. Son regard a retrouvé le chemin des saisons, des couleurs, des émotions. Il a continué de grandir parmi le Clan mais sans jamais lui appartenir, à l'abri des livres, dans le refuge de sa caravane, sous couvert des arbres, assis sur le rocher du père, en exploration avec Rigolo. En acceptant même de retourner en Ville donner un coup de main, l'été. Les jours de marché.

Trois événements majeurs ont tout de même inscrit leur mémoire au-delà du quotidien. Comme des balises sur le chemin, des sortes de signes diront plus tard Carmen et Isabella. Car tout de même, qui peut grandir ainsi, sans jamais tenir la main de personne, juste là, posé au milieu d'eux. Pepo plus sauvage que ne l'était le père. Plus solitaire et taiseux aussi. Présent, serviable, presque docile mais en retrait, à fleur de peau, constamment en alerte, sur le qui-vive. Jamais complètement serein, confiant, joyeux. Sans attachement autre que Rigolo. Sa seule source de chaleur, de souffle, de peau, de caresse, de mains et pattes tendues. Pepo avec ses grands yeux ouverts sur chacun d'eux mais sa bouche scellée sur tous ces secrets. Et pourtant, à 11 ans, il a assisté à un accouchement. À 13 ans, il a trouvé les cahiers secrets du père. Et dès 8 ans, une fois par an, toujours à la même date, il a déclaré une maladie.

Qui allait devenir chronique.

Pas de ces maladies qu'ont tous les enfants quand ils ont les oreilles qui hurlent, les dents qui poussent ou se cassent, les genoux qui s'égratignent, les échardes qui se plantent ici et là, les boutons qui bourgeonnent la varicelle ou la rougeole sur tout le corps. Non pas de ce genre. D'ailleurs ici personne ne pleure pour ça. Pour rien. Et on n'appelle pas le médecin non plus. Que lorsque c'est grave. Et sept fois, ce le fut. Sept fois le Clan a eu peur. Sept fois il a prié que Pepo ne rejoigne pas le père. Les deux premières années il a été surpris. Les suivantes il a appris à anticiper. Pepo n'était pas tombé en transe que déjà le médecin était là. Alerté depuis la veille. Les femmes du Clan avaient compris que ça revenait et que ça reviendrait encore et encore, redoutant pourtant qu'un jour ce soit fatal. Elles ne voulaient pas ne pas avoir fait tout ce qu'il y avait à faire. Si peu d'ailleurs. Parce qu'à part prier la Madone, brûler des cierges, et forcer le médecin à rester au chevet du petit, comme une garantie, s'il arrivait quelque chose, il n'y avait rien à faire. Chaque fois c'était pareil, des fortes fièvres, à suer des litres d'eau, à trembler en claquant des dents, à vomir la vie par tous les bouts, à délirer des heures en hurlant des choses incompréhensibles puis, passé la crise, à dormir cinq jours entiers. C'était des kilos en moins qui laissaient le gamin flottant, hagard, le regard vitreux, le visage aussi blanc qu'un cul de lapin. Et le blouson du père une nouvelle fois trois fois trop grand et deux fois trop lourd. Comme une malédiction, chaque année, à la même date.

Le 18 novembre.

Seul le père aurait pu raconter ce que l'enfant avait vu et entendu ce jour-là. Du haut de ses un an. Les yeux arrondis par la peur. Qu'on ne lui voyait que cela, emmailloté qu'il était, prêt à partir, collé au poitrail du père. La dernière guerre d'avec la mère. Toute la nuit. Leurs cris après de trop longs mois d'apathie. Le point de non-retour. Et la souffrance du père qui exsudait par tous les pores, qui mouillait son maillot et son pull et venait traverser toutes les couches d'habits jusqu'à l'enfant. Que Pepo en avait eu le corps enfiévré. Qu'il n'avait rien pu avaler ce jour-là et les suivants. Qu'il avait tout régurgité à chaque fois. Que le père, une fois, une seule, avait bien failli faire demi-tour. Apeuré, culpabilisé, démuni, perdu. Et puis cette idée, sans vraiment savoir ce qu'il faisait, épuisé de rassurer l'enfant, en vain, où il s'était mis à lui parler. Non qu'il n'ait pas eu l'habitude de lui chanter des chansons, de lire des histoires, de faire ce que font les parents, au contraire même, mais là, il se mit à lui parler vraiment. Comme son égal. Pepo assis sur les genoux du père, yeux dans les yeux, front contre front. Pepo de suite aux aguets, d'un coup silencieux, attentif. Et qui dix minutes plus tard s'endort. Pedro ne s'était pas arrêté pour autant.

Ce jour-là, au fils, il avait tout déballé.

Et il n'avait jamais eu à le refaire. Jusqu'à ce que le père meure, Pepo n'avait plus jamais été malade. Bien qu'endormi, le père avait été certain que l'enfant avait entendu. Il avait raconté toute la vérité, sans rien omettre pour qu'une fois, une seule fois, ce soit dit. Et qu'après cessent les pleurs, les cris, la souffrance, le manque, l'amertume, le chagrin, le dépit, la colère. Il avait dit la rencontre, l'amour fou, cette poignée de jours et de mois comme une éternité qui efface tout de l'avant, des certitudes, des blessures. Il avait dit la grossesse comme une promesse et presqu'aussitôt le début du déclin. Il avait murmuré l'accouchement comme pour amortir la chute brutale, prévenir le revirement : un an de silence, de déni, d'absence, de rejet. Puis la dernière nuit. Alors que son cœur à lui explosait et que plus rien ne comptait. Au point de partir. Parce qu'il faut savoir sauver sa peau. Même si elle part en lambeaux. Même si on laisse une bonne moitié de cœur là-bas, derrière. Dans l'âme de la femme, de la mère. Du dernier rêve.

Mais voilà, depuis 7 ans, la voix du père s'est tue et avec lui toutes les histoires qu'il avait racontées, en remplacement, par la suite. Celle des hommes, des peuples, des guerriers, de l'histoire avec un grand H. Et dans ce nouveau silence, un jour par an, Pepo retombe en enfance. En apnée. Dans un trou. Sans comprendre. Sans savoir. Sans se souvenir. Comme si ce jour-là cristallisait tous les autres où le père lui manquait, où quelque chose s'arrachait de lui et qu'il faille par la force d'on ne sait quel phénomène, le vivre et le revivre encore pour s'en détacher, l'expulser. Et ainsi payer le prix de sa survivance.

Peut-être que l'accouchement de Carmen a ravivé cela ? Parce qu'après Esteban est venue une petite sœur. Alisia. Qui a poussé Carmen dans ses ultimes retranchements et bien que seules, Isabella et les aïeules soient admises dans la caravane, Pepo a aperçu ce qu'il n'aurait pas dû voir. À travers la vitre, il a vu Carmen les jambes écartées et toute la noirceur que ça lui faisait sur les draps. Il l'a entendu gémir, pleurer, hurler. Il a vu ses traits déformés, son visage défiguré. Il a vu la petite fille, Alisia, être la cause de cette nuit sans fin, où personne n'avait dormi, où tout le monde avait attendu, impatients, tendus, priant que tout se passe bien. Les hommes avaient pris la guitare jusque très tard pour couvrir les cris. On était en juillet c'était les premières chaleurs. Le Clan était dehors. Il n'y avait que cela à faire, être témoin, passif, attendre, se ronger les sangs. Pepo comme les autres. Et quelque part en lui, il y a eu un écho. Enfin ! Cette expulsion longue et violente qui faisait suer Carmen eau et sang, il pouvait en mesurer la souffrance. La douleur. La longue délivrance. Sûrement la même que la mère qui l'avait fait naître. Et Dieu seul sait ce qu'il avait pu déchirer en elle pour qu'elle ne veuille plus de lui après cela. N'était-ce pas justifié ? À quoi peut-on s'attendre après avoir éventré ainsi une femme ?

Autant Esteban, l'avait intrigué, autant Alisia, par la suite le mortifia. La voir sous ses yeux chaque jour, c'était repenser à cette nuit terrible où il avait vaguement compris ce que le père n'avait jamais dit qui pouvait expliquer qu'il soit tout seul dorénavant. Que la photo de la mère soit si triste. Que le père ait dû partir. Qu'il ait eu des idées si sombres, écrites en minuscule, sur ses maudits cahiers. Et même qu'il soit mort, tout seul, d'un coup. Plus que jamais depuis, Pepo se sentait différent, illégitime, coupable, définitivement seul. Et même s'il n'y mettait pas les mots, sa défiance, son isolement, Rigolo en bouclier, parlait pour lui. Il ne savait pas comment tout cela finirait. Mais il y pensait. Et parfois cela l'effrayait.

Le reste du temps et passé ce dérèglement ponctuel, Pepo apprit quand même à fêter ses anniversaires sans se trouer la peau ni s'enfuir. Chaque année Isabella prévoyait une fête, un gâteau et un cadeau que Pepo pouvait choisir. Le plus souvent c'était un livre ou un vêtement, toujours quelque chose d'utile. Sauf l'année de ses 13 ans où, ayant trouvé les cahiers secrets du père, il demanda un tatouage. Un nouveau. En plus de l'autre. Sur presque toute la surface du dos. Un arbre immense avec ses branches déployées jusque sur ses épaules. Paolo lui avait déniché un tatoueur qui était venu tout un weekend. Ça avait été l'occasion d'une grande fête et une soirée mémorable. Pepo avait bu ses premières bières. Il avait senti le monde se dissoudre sous ses yeux, il n'avait pas aimé mais ça avait permis d'anesthésier un peu la douleur, de le rendre somnolent et amorphe pour subir pas moins de 8 heures d'aiguilles. Le final était époustouflant. L'arbre semblait se mouvoir sous ses mouvements dorsaux, les branches se détacher du tronc, les feuilles avoir leur propre vie. Plus bas, au-dessus de sa fesse droite, Pepo avait fait rajouter l'inscription *L'arbre à feuilles* comme une ultime preuve de son existence. Et de celle du père. De ses cahiers secrets.

Sa seule et définitive ipséité.

Vers 14 ans, il se mit à la mécanique et répara la Guzzi du père qui n'avait pas ronronné depuis trois jours avant sa mort. Il l'apprivoisa doucement puis apprit à la conduire sur les chemins. Loin des routes, de la ville, des autres. Là où c'était interdit mais où c'était encore possible de le faire. C'est encore ainsi qu'il parlait le mieux au père, sans aller systématiquement sur le rocher. Ainsi qu'il lui semblait fusionner avec son esprit, ses valeurs. Ainsi qu'il l'incarnait et se sentait moins seul. D'ailleurs, chaque jour, il porte son blouson, devenu avec le temps ni trop grand ni trop lourd mais parfaitement ajusté à sa nouvelle taille.

Avec les années, son corps s'est allongé. Puis épaissi. Et enfin sculpté. Des muscles qui n'ont rien à envier aux hommes du Clan. Façonnés sept jours sur sept, au grand air et par tous les temps. Une sorte de rudesse volontairement entretenue comme pour pallier ce vase de flotte tapi au fond de lui, qui n'a jamais vraiment tari. Son regard ne trompe pas, il ressemble de plus en plus au père. Parfois Isabella s'en aperçoit et voit l'homme en devenir. Il a déjà ses silences, il aura ses fuites. Cette espèce de distance qu'il met entre lui et les autres et qu'il décide de ne rompre que par intermittence. Pour mieux se rembrunir.

Il a oublié Maître Coq, absolument pas mort de sa plus belle mort mais certainement mangé sans même qu'il ne le sache, un jour comme tant d'autres. Rigolo s'en sera sûrement léché les babines, lui qui se nourrit exclusivement de la main de Pepo et d'au moins un bon tiers de ses restes.

Il a beaucoup travaillé avec Paolo, sur des chantiers, à porter les gravats, débarrasser les combles, les greniers, les caves. Presque pareil que ce que le père et Georgio, le mari d'Isabella ont fait dans le temps. Il a compris pourquoi le père rentrait harassé, le regard bas, la parole sèche. Il a senti la fatigue dans ses muscles, son cou, son dos. Lui aussi il s'est usé la couenne, le cuir, le lard comme pestait certains soirs le père. Il a senti la poussière et la saleté lui brûler les yeux, noircir ses ongles en même temps que la Ville le vidait de son énergie. Il a purgé des granges qui faisaient au moins dix fois la superficie du Clan. Il est rentré dans ces maisons où vivaient les familles. Il n'a rien vu d'extraordinaire, en vrai. Oui c'était riche et plein d'objets et spacieux et moins triste que sa caravane qui même lorsqu'il la lavait n'arrivait plus à être blanche. À l'heure du repas, le midi, quand tous faisaient silence, il pouvait presque entendre le rire des enfants et les murmures des parents. Il lui suffisait d'avoir vu une ou deux photos sur un mur, un frigo ou une console et il imaginait leurs vies, comme ça, en mangeant le repas qu'Isabella lui avait préparé. Mais pour rien au monde, il n'aurait voulu rester le soir, s'assoir à leur table et croire que c'était ça la vie. Toujours il y avait trop de fenêtres, de portes, de grillage, de clefs, de verrous, de serrures. Trop de téléviseur dans chaque pièce et pas assez de bibliothèque.

Et une tripotée de chiens en laisse qui aboyaient à fendre l'âme.

Il a lu autant qu'il y a eu de jours transformés en semaines, en mois et en années. Dévorant tout ce qui pouvait assouvir sa soif de connaissances et d'émotions, cherchant à satisfaire son besoin d'évasion, de repli intérieur, de barrière mentale. Chaque livre étant comme une nouvelle porte vers la guérison, une marche de plus vers une forme de sérénité et d'acceptation. Tout ce qu'il ne savait pas il l'apprenait, le découvrait, le rêvait dans les yeux de quelqu'un d'autre. Même si certains romans contenaient des litres de flotte qui pouvaient à tout moment vous tomber dessus, c'était toujours moins douloureux que vivre un seul jour sans le père. Sauf quand il tombait sur des livres d'histoires. Des vrais. De ceux qui témoignaient à cœur ouvert, blessé, meurtri et à corps déchiré, lapidé, éventré, incinéré, violé, battu, dépossédé. Ceux-là étaient les pires. Le plus souvent, il les évitait. C'était trop d'horreur à imaginer. Comme pour Jésus sur la croix, il avait l'impression que sa chair faisait corps avec le récit et à ce moment-là, serrer les dents ne servait à rien du tout. Au fond, ce qu'il voulait Pepo, c'était vivre plusieurs vies.
Et n'en souffrir aucune.

Ni celle qu'on lui avait donnée ni celle des autres autour de lui. En grandissant, il voyait bien le courage et la douleur qu'il y avait à exister. Être sur terre n'était pas aussi fabuleux que ça. La souffrance, à quelque échelle que ce soit, n'épargnait personne. Et très souvent, on y assistait impuissant. Ne serait-ce qu'Isabella qui avait en commun de partager avec lui une solitude écrasante. Il le devinait quand il l'observait assise devant sa caravane. Le soir tombait et elle restait là, silencieuse. Dans le clan, il y avait rarement du silence sauf sur leur perron à tous les deux. Au moins une fois dans la journée, on pouvait sentir ce creux qui faisait remonter un souvenir et laissait échapper un soupir. Ils n'étaient pourtant qu'à quelques mètres l'un de l'autre, à peine quelques pas, mais chacun restait dans sa bulle, soucieux d'en préserver l'exacte proportion. Qui sait ce qui pourrait advenir si elle explosait et que plus aucun contour ne retienne tout ce que jour après jour, ils mettaient dedans. Une caresse oubliée, un mot ravivé, une douceur recueillie. Mais aussi, une colère sourde et non apaisée d'avoir été laissée pour compte.

Elya, quant à elle, semblait échapper à cet accablement depuis qu'elle était amoureuse. Et grand bien lui fasse, pensait Pepo. Ça voulait peut-être dire que pour Isabella et lui, un jour aussi, ce serait possible. S'il avait demandé à Elya, elle lui aurait répondu que non. Pour sa mère et Pepo, il semble que le chemin de l'amour soit un passé continuel. Et quelque part en elle, elle leur en voulait de cette fidélité aux absents qui les mettait tous les deux sur le même niveau. Non qu'elle même ait oublié son père, mais la vie est plus forte. Elle s'y accroche. Et tant pis si Pepo, à ses côtés n'a pas voulu en profiter. Au final, ils n'ont jamais été plus proches que deux faux frères et sœurs et encore. Alors, aujourd'hui, elle ne jure que par le nouvel homme et la Ville. Elle pense même partir y vivre, ouvrir un salon de coiffure, avoir une grande maison et un immense terrain où tout le Clan pourrait la rejoindre et y vivre. *Pareil qu'ici mais en mieux* répète-t-elle à longueur de temps. Maître Jean n'y était pas pour rien. Toutes ces années passées auprès d'eux ont fini par en faire un habitué. En plus de la semaine des cours, plusieurs fois il est venu avec sa femme, elle-même coiffeuse. Plusieurs fois, ils ont invité Elya. À chaque fois, elle a adoré. Pepo lui n'a jamais voulu. Sauf une fois. La seule.

Catégoriquement définitive.

Oui la bibliothèque de Maître Jean était impressionnante, il avait bien dû le reconnaître, colossale même. Mais lui aussi avait un chien, un chiwawa qu'il tenait en laisse et un digicode pour rentrer dans sa résidence. Comme il habitait au rez-de-chaussée, le propriétaire avait cru bon de poser des grilles aux fenêtres. Ce jour-là, Pepo n'avait vu que ça. Cet horizon, ras le bitume, en butte avec l'immeuble voisin, hachuré en minuscules barres de fer blanc. Aucun confort ne valait qu'on se prive de voir le jour en sortant la tête de son lit le matin. Il avait été déçu. À croire que tout le savoir de Maître Jean n'avait servi à rien. C'était incompréhensible. Il était pourtant venu toutes ces années au Clan. Il avait défié les lois de l'éducation nationale, gardé secrètes la présence de Pepo et la mort du père sans jamais demander après la mère. Pepo s'attendait au moins à le voir vivre dans une petite maison. Le genre qui aurait peut-être les volets cassés, un jardin en fouillis, une clôture de guingois, jamais rafistolée. Il en avait vu des comme ça. Ça l'avait rassuré. Il avait même pensé que ce genre de maison, loin de la Ville, c'était encore possible. Puis il avait vidé des kilomètres de lieux sombres, vu ce que les gens réussissaient à entasser, sans jamais rien jeter. Tout ce fouillis inutile qui partait à la casse, à la décharge, aux ordures. Pour rien. Dont personne n'avait plus besoin. Pas même leurs propriétaires qui n'avaient fait que détenir, engranger, posséder. *Mon, Ma, Mes, le déterminant possessif* disait le père. Et il s'était dit, jamais. Ni ici, ni ailleurs. Nulle part étant le parfait compromis. Le seul qui vaille et qu'il allait bientôt pouvoir concrétiser.

La route continuait d'avoir sur lui une emprise presque hypnotique. Toutes ces années où il avait consenti à aller en Ville, c'était aussi pour ça, grâce à ça ou même à cause de ça. Pour revivre le chemin. Comme la première fois avec Paolo. Qui à bien y réfléchir rappelait celle du père, au volant de sa moto. Pepo derrière et cette impression de flottement. D'éternelles fluidités. De vibrance. Ce souvenir accroché à son âme, qu'il avait accepté, reconnu, admis. Sauf qu'aujourd'hui il allait pouvoir passer devant, ce serait lui le conducteur, l'aiguilleur, le guide. Lui qui pourrait dire à droite, à gauche ou tout droit. Lui qui pourrait accélérer ou ralentir et même s'arrêter, pourquoi pas.

Il fallait bien que Rigolo se dégourdisse les pattes.

Conduire et qu'importe la distance, la route défilerait et le ciel continuerait toujours d'avancer plus vite que lui, ou de se dérober, ou de lui tomber dessus en orage démentiel. Et même si et alors, la route serait toujours là, après le froid, l'hiver, les ondées, la chaleur écrasante et même la neige. Il y en avait partout des routes. Tout au long de la terre. Il le savait maintenant qu'il ne tomberait pas. Plus. Et il avait hâte. Tellement hâte de faire cet apprentissage.

Parce qu'après, c'est certain, avec Rigolo, tous les deux, ils s'en iraient.

Maître Jean lui avait déniché ce qu'il appelait la solution idéale, un CAP conducteur-routier sur 2 ans en alternance. À peine 15 semaines de formation en centre par an et tout le reste à conduire, manœuvrer des camions de marchandises, des poids lourds, des engins qui un jour ou l'autre lui feraient traverser la France, l'Europe, les continents, le Monde. Cette étape, Pepo aurait pu se l'épargner. Après tout il avait la moto du père et pas mal d'argent en poche. Mais Maître Jean avait su le convaincre. S'il partait maintenant en moto, il devrait abandonner Rigolo. La Guzzi du père ne serait jamais faite pour un pareil duo. Alors que, s'il rajoutait deux roues ou 4 ou pourquoi pas 8 ou 10 à n'importe quel engin, Rigolo le suivrait à jamais. Et puis, rien que d'acquérir les trois permis (B, C, CE) en 2 ans seulement, ça valait le coup. Après ça, de l'or dans les mains, il serait libre de faire ce qu'il voulait et d'aller là où il voudrait. Chauffeur-Routier c'était un métier qui n'avait aucune frontière. Où Pepo serait seul maître à bord, entre ciel et terre, toujours en mouvement, dans des espaces infinis. Il avait donc passé puis réussi les tests et depuis, il piétinait. C'était pour cet automne, dans quelques mois, dès qu'il aurait 16 ans.

16 ans, deux fois huit ans. Le double de son âge quand le clan l'avait recueilli. Déjà presque deux vies en soi. Deux infinis bien distincts qui étaient en train de faire de lui un homme. Bâti comme le père et pourtant pensait souvent Isabella, avec un « on ne sait quoi » qui devait bien tenir de la mère. Cette mère dont il n'avait jamais parlé, pour laquelle il n'avait jamais posé de question. Et Isabella en venait à se le reprocher. De s'être tu, de n'avoir pas forcé cette porte, d'être restée en arrière

toutes ces années. Bientôt Pepo allait s'absenter de plus en plus jusqu'à partir. Demain, ou après-demain, il tomberait amoureux ou en tout cas, il rencontrerait des femmes. Et cette absente deviendrait alors un fardeau. On ne construit rien sur du vide, des silences, des dénis, des secrets. Pedro lui-même l'avait reconnu et s'était juré un jour de tout raconter à Pepo. Mais il n'avait pas eu le temps et maintenant il ne restait plus qu'elle. Elle s'était attendue à ce que Pepo pose au moins, une question, un jour. Qu'il lui facilite la tâche. Elle avait respecté son rythme en espérant secrètement un déclic, une alarme. Mais rien n'était venu et aujourd'hui elle allait s'obliger à le faire. Qu'il ne revienne pas lui dire un jour, du mépris dans la voix, une phrase du genre *et toi tu savais et tu n'as rien dit*. Elle ne le supporterait pas. Non pas qu'il y ait des kilomètres de secrets à dévoiler. Pedro avait été plutôt succinct le seul soir où il s'était épanché sur son épaule, puis contre sa peau. Leur amour avait été aussi bref que leurs confidences avaient été courtes. Trop de bosses, de creux, d'abîmes pour construire quoi que ce soit. Mais cela avait été dit. Au moins une fois. Une nuit.

L'amour fulgurant, quasi immédiat de Pedro pour Poline et vice versa d'ailleurs. Elle revoit très bien le sourire attendri de Pedro en rajoutant *et vice versa d'ailleurs*. Ses yeux avaient disparu quelques instants au loin, dans une poche de souvenirs Et de lui expliquer, tout de suite derrière, une boule dans la gorge que c'était là, la réplique préférée de Poline quand elle était d'accord et que tout ce qui les liait encore fusionnait béatement entre eux deux. Isabella comprenait cela. Elle aussi avec Georgio avait connu cette complicité qui vous lie à jamais à quelqu'un, qui creuse le manque et met la barre bien trop haute pour quiconque voudrait la franchir après. Cela avait duré six mois puis, très vite, il y avait eu Pepo. Plus que la cerise sur le gâteau, le graal. Un bout d'elle et de lui. Son cœur de père avait explosé d'amour, en une seconde, dès la naissance. Son cœur de mère à elle avait fondu de la même façon que le sien ne cessait de grossir. Il avait tenu un an devant ce délitement puis il était parti. À l'époque, Poline travaillait pour la télévision, elle n'était encore qu'une simple assistante. Plus tard, il avait su qu'elle avait réussi. Au Clan justement. Dans une émission, par hasard, son visage avait rempli l'écran. Elle avait choisi son camp. Il savait que toutes les femmes ne deviennent pas mères. Cela n'avait rien d'obligé ou d'acquis. Sa dépression post natale avait jeté les bases, son carriérisme avait fait le reste. Une histoire banale comme il en existe des milliers. Ils s'étaient rencontrés sur un plateau télé, alors que cela faisait dix ans qu'il jouait les éclairagistes puis d'un coup, le monde s'était éteint. Comme ça, un soir de trop, sans plus d'amour. Elle ne l'avait pas retenu. N'avait rien dit. Il avait pris Pepo, la Guzzi, l'entièreté de sa peine et il n'était jamais revenu. La première année, il n'avait pas changé de numéro de téléphone, il ne s'en servait jamais, le laissait éteint tout le temps. Mais au moins une fois par semaine puis par mois, il l'allumait. Au bout de 18 mois de silence, il avait fini par le jeter. Elle n'avait jamais appelé, jamais cherché à savoir. Entre eux, un écran géant s'était interposé. Il avait quitté le monde pour préserver le seul univers qui vaille encore.

Celui du fils.

Et de cela Pedro n'avait pas à rougir. Le gosse s'en était bien tiré. Il tenait droit dans ses bottes. Encore un peu d'assouplissement et il s'envolerait. Loin, très loin. Là où les routes soulèvent la poussière et longtemps après tourbillonnent. Porté par la vitesse, l'appel d'air, comme issu d'un sillage continu, là où à perte de vue, on ne verrait que Pepo transportant ses tonnes de marchandise. Certes, le gamin avait choisi de conduire des poids lourds, question adhérence, ça se posait là mais qu'importe et même, pourquoi pas. Dans ses yeux le voyage était présent depuis longtemps et son âme avait quelques longueurs d'avance sur la pesanteur. Dans sa tête les idées filaient à vive allure et dans ses jambes, elles prenaient corps. Il était fait pour le mouvement, la liberté, les horizons. Il était fait pour partir.

Ses deux fois huit ans et les révélations d'Isabella n'y changeraient rien. Au contraire. Rien ne le retenait plus. Il le savait depuis toujours. En perdant le père, il avait coupé toutes les amarres. Il était issu de la mère parce que tous les enfants sont ainsi faits et alors. Avec Isabella, ils l'avaient regardée ensemble à la télé, cette mère, ce 1er juillet quand elle avait décidé de tout lui avouer. Rien ne s'était passé. Pas un frisson. Pas un tiraillement. Devant Isabella, il avait sorti la pochette et les papiers secrets du père. Il avait lu. Poline L., 44 ans, née à Paris, demeurant à l'époque Cité de la Jarry à Vincennes. Sur l'écran plasma 50 pouces de Paolo, Pepo avait vu une femme, très belle et il s'était dit tant mieux. Le père avait bien choisi. Mais c'était resté sans écho, sans transcendance. Poline L. était demeurée derrière son écran de fumée pendant que lui prévoyait d'aller admirer les plus beaux panoramas de la planète. Avec elle, il ne regrettait rien. Il l'avait dit à Isabella sans amertume, en la regardant bien droit dans les yeux. À ce moment-là, tout avait basculé et Isabella avait compris. Ça lui avait serré le cœur d'un coup. Le désir de Pepo lui était rentré dedans, de plein fouet, sans qu'elle ne sache ni quand ni comment cela avait pu arriver.

Dans le regard de Pepo, l'insolence et la témérité se bataillaient la première place. C'était perdu d'avance, il le savait, ça n'aurait jamais lieu d'être mais c'était avoué. De mère, il n'en avait cure. Isabella avait pris la seule place qu'il était prêt à accorder à une femme quand à sept ans et demi, c'est là tout ce que la vie vous propose. Il s'était nourri d'elle comme le fait un enfant dont la survie dépend mais sans transfert. Il aurait fallu pour ça qu'il ait un modèle. Isabella c'était Isabella, une femme pas un modèle, pas une mère, encore moins de substitution. Carmen était mère pour Esteban oui et il s'était vautré dans leur relation par procuration pendant des années. Mais pas Isabella. Tout ce temps il avait autant recherché son contact qu'il s'en était méfié. C'est elle qui l'avait conduit sur la tombe du père, il s'en souvenait. Le contact de sa main, ses mots chuchotés, sa douceur, son odeur poivrée. Adolescent, d'y penser avait réveillé chez lui ses premières ardeurs. Isabella était un monde en soi, une seconde colonne vertébrale et en même temps une entité intouchable. Il ne se l'expliquait pas, c'était ainsi. Si Elya l'avait bluffé à leur rencontre, et pour cause, longtemps elle avait été comme un miroir, elle était restée pour lui une petite fille, un rien capricieuse, qui n'avait jamais éveillé ses fantasmes.
Isabella, si.

À presque 16 ans, Pepo n'est pas dupe. Il ne connaît de l'amour que le désir maladroit qui hante tous les puceaux de la terre. Il va devoir faire ses premières armes ailleurs. Hors Clan. La barre est haute pour toutes les futures prétendantes car Isabella ne tombera jamais de son piédestal. Elle sera pour toujours la femme qui fut pour lui tout à la fois sans jamais, d'une façon ou d'une autre, lui appartenir. Ni mère, ni amante. Rien d'autre qu'un regard bienveillant sur ces huit dernières années de vie. Et qu'est-ce d'autre que cette bienveillance si ce n'est de l'amour avec un grand A. Quand la main d'une femme serre celle de l'enfant pour le conduire à l'état d'homme. Sans jamais rien demander.

Ce jour-là, le 1er juillet, où tout avait été dit d'un côté comme de l'autre, où les verrous avaient sauté et où les secrets s'étaient dénoués, marqua la nouvelle mue de Pepo. Il ne s'enfuit pas ni ne marqua son corps à coup de couteau chauffé au briquet. Il prit la Guzzi du père et s'offrit une grande balade jusqu'à la nuit tombée. Il adorait rouler alors que la lumière diminuait. Il avait l'impression de pénétrer le soir au fur et à mesure, de s'enfoncer dans les ténèbres en même temps que tout disparaissait autour de lui. Sur ces routes de campagne non éclairées, c'était comme de fusionner avec les éléments presque à l'aveugle. Avec pour seule arme, son instinct. Cet instinct qui au fil des années s'était développé. Qui en ces nouvelles circonstances lui murmurait que l'heure était venue.

Que croyait-elle, Isabella, en libérant les secrets du père. Qu'il l'avait attendu ? Qu'il ne savait pas. Qu'il n'avait jamais fouillé dans la pochette secrète de dessous le matelas. Qu'il n'avait pas eu le temps de reluquer la Poline quand elle passait sur l'écran géant de Paolo. Qu'il n'avait pas cherché à savoir, à entendre, à ressentir quelque chose à chaque fois que la boîte à images crachait son nom. C'était un grand vide, toujours, une surface plane, lisse qui n'éveillait rien en lui. Pas plus hier quand il était gamin qu'aujourd'hui, devenu homme. Alors que, elle, Isabella, elle était tout. Il le sentait par toutes ses tripes qu'elle avait du corps, de la profondeur, une beauté singulière. Il était temps de s'en écarter. La savoir simplement auprès de lui avait suffi à tout. Mais il n'était pas certain que cela suffise encore.

Est-ce que Poline aurait pu changer la donne si un jour en 16 ans, elle s'était manifestée et qu'elle avait expliqué. Que son désir de mère avait été expulsé d'elle au même moment qu'elle avait expulsé l'enfant. Conjoint à son désir de femme qui l'avait quittée quand Pedro était devenu père. Qu'il aurait sûrement fallu remonter loin dans la lignée des femmes de sa famille pour comprendre ce meurtre d'elle-même en abandonnant les deux. Que 364 jours par an elle savait les oublier. Sans remords. Sans regret. Mais que le jour anniversaire, elle restait couchée. Comme éventrée une nouvelle fois. Amputée. Blessée. Incapable de réagir. Que ce jour, elle aurait voulu pouvoir se lever et revenir. Avoir la force de tout recommencer. Que lui soit donné le miracle de revenir en arrière. Mais les années avaient passé sans y arriver. Il était de plus en plus tard. Bien trop tard. C'était ainsi. Personne n'y pouvait rien, personne n'était coupable. Ça dépassait les entendements et peut-être aussi les psys si elle avait fait la tentative d'en voir un. Seize ans après, elle avait fait sa vie en sachant que tout était juste. Jamais elle n'avait pensé que Pedro pouvait faillir à sa mission et que Pepo serait deux fois orphelin. Qu'il regarderait son image sans rien éprouver. Et qu'une femme, ô combien méritante, supporterait de le voir s'éloigner, de la flotte dans les yeux.

Pareil que Pedro au dernier jour de leur histoire.

*Les conjectures, les si et les mais ne font que précipiter les catastrophes. Quand tu ne sais pas, tu t'assieds et tu attends. Et quand tu as fini d'attendre, ou tu sais et tu t'en vas ou tu ne sais toujours pas, et tu pars quand même. Mais crois-moi, il n'arrive pas la même chose, Pepo. Pas du tout même.* Voilà ce qu'avait expliqué un jour le père et ce que se répétait Pepo en visualisant ce dernier été au Clan. En attendant d'être prêt.

À ce stade, il faudrait que le monde, l'univers, ou Dieu seul sait de quel labyrinthe nous sommes issus, s'arrête de tourner un instant. Que le monde fasse une pause et montre à Pepo comme dans ces films que l'on rembobine à toute vitesse tout ce par quoi il est né, ce qui a préexisté à sa naissance et qu'il ne refasse pas les mêmes erreurs. Mais c'est impossible, n'est-ce pas. Le monde ne s'arrête jamais de tourner, il n'a pas le temps le monde, ce n'est pas son boulot. Pas pour si peu. Même pour un bon gars comme Pepo. Il tourne pour tout le monde le monde. Depuis la nuit des temps. Sans s'arrêter jamais. Pas forcément dans le même sens en plus mais toujours à une vitesse folle, ça c'est sûr. À filer le tournis aux plus fragiles, aux moins endurcis. Surtout quand il s'agit de prendre une vraie décision. Il ne fait jamais d'exception le monde. Pour personne. Même si un peuple entier se levait et lui disait *Ne bouge plus, arrête de t'agiter, on n'en peut plus que tu fasses la toupie, par pitié, fais une pause, ne laisse pas fuir Pepo sans savoir, raconte-lui tout, maintenant, fais-le descendre de l'Arbre à Feuilles, agite-lui son histoire sous le nez, il a le droit de savoir. Le père, la mère c'était hier, le dessus de l'iceberg mais aujourd'hui, dans son ventre, son ADN, sa mémoire, il y a plus que ça. Tu le sais bien.*

Certes, Pepo ne se trouve aucune ressemblance physique avec la mère mais là où Isabella et lui se trompent c'est que malgré tout, la mère existe en lui, dans sa dérobade, dans sa course en avant, dans cet abandon de tout ce qui n'est pas le père. Là où ils se trompent encore, c'est que le cœur de Pepo est façonné à l'identique de la mère. Brûlé de l'intérieur. Empli de silence. Fourbu de nœud. En plus de sa propre histoire il porte celle de la lignée maternelle. Et le poids de ce qui n'a jamais été dit. Il porte un autre effondrement, qui n'est pas encore advenu, qui l'attend quelque part, quand à son tour il deviendra père. Même s'il ne le sait pas. Ne le saura peut-être jamais. Tout se rejoue souvent à notre insu. Pour l'instant il croit avoir gagné ses premières batailles. Il pense que le monde s'ouvre à lui, aussi infini que la route qui lui fera faire le tour du monde. Mais il se trompe. N'est-ce pas que tu le sais, toi ? Combien de Pepo, depuis que le monde est monde, glissent le long de tes flancs sans jamais s'arrêter ?

N'en as-tu jamais vu en revenir un vivant ?

Pourtant des Pepo, le monde en est plein. Enfin peut-être pas plein, mais en croisement, sur le chemin de chacun, certainement. Que vous soyez riche ou pauvre, malade ou en bonne santé, homme ou femme, dieu ou bête, à terre ou dans un avion. À chaque fois que vous avez entendu battre votre cœur plus fort que de raison, dans tout ce que la vie vous a réservé de rare, de surprenant, d'insolite. Derrière un bar, au volant d'une voiture, dans la fumée des usines, au sortir d'un restaurant, sur le trottoir ou assis sur un banc, dans un jardin verdoyant, en haut d'un immeuble de banlieue, à cheval sur une mobylette ou même en train d'éplucher des légumes, de laver un parquet, de repriser une chaussette, de diriger mille personnes. Pepo, c'est un peu de cet enfant en vous qui aura survécu au-delà des rudesses, des portes qui claquent, des cœurs qui se brisent. Comme une candeur jamais usée, toujours renouvelée. C'est une île perdue au milieu du monde qui continue vainement de vouloir s'enraciner dans une terre pleine de flotte. C'est un lieu d'absolu, une entièreté sauvegardée. C'est presque toujours ce rire qu'on entend dans une cour d'école, qui s'envole plus haut que les autres, qu'on a envie de rejoindre, de saisir dans l'instant, d'enrouler en soi pour le garder, ou au moins en faire réserve. C'est ce mince filet blanc au milieu d'un grand ciel bleu, si ténu et vaporeux qu'on s'imagine à quelque endroit où l'on se trouve devoir y lire un message, une présence, une forme de protection, vite, très vite avant qu'il ne disparaisse. L'idée du Grand Tisserand et de toutes ses bobines. C'est cet air brûlant puis chaud puis froid puis glacial puis tiède qui frissonne les corps sous toutes les latitudes, que l'on respire sans même s'en apercevoir alors que le « Grand tout » est là, dans cette mécanique fragile, dans ce poumon essentiel. C'est la trame des vies, tissée jour après jour, d'un regard, d'une tendresse, d'un coup de poing. C'est aussi cet air qui manque parfois, quand la vie déchire et soulève de terre, quand elle oublie combien le point d'équilibre est fragile.

Un balancier toujours en mouvement, interdit d'immobilité, au risque de tomber. C'est toutes ces caresses données, ces corps-à-corps fusionnés. Ce sont des milliers de femmes aimées, désirées, mais jamais enfantées. Parce qu'alors ça serait mettre de la matière là où Pepo a toujours fui et que Pepo ce sont des limites à ne pas dépasser, les siennes, les nôtres. Toutes celles qui prennent racine dans les abîmes, dont on ne s'affranchit jamais, qui brisent certains élans et tuent la noblesse originelle. C'est toute une série de préceptes, les paroles du père régurgitées comme un mantra sacré. *Tous, Marc Aurèle le premier, te diront de vivre ta vie comme si chaque jour était le dernier. Tous ils auront tort Pepo. Moi je te dis de vivre ta vie comme si chaque jour était le premier. Le seul. L'unique. Avec ce qu'il y a de meilleur en toi que tu peux encore donner.*

Parce qu'au fond, le Pepo qui dort en chacun de nous, c'est une liberté d'être sans autre loi que la sienne, poussée dans ces retranchements, condamnée à une solitude définitive et même pour ainsi dire, crevante d'aberration, incapable de nouer du solide, du durable ou de rester dans un endroit, au risque de se faire absorber puis d'avoir à partir et désirant dans le même temps qu'une main plus légère et plus forte, une main comme celle d'Isabella, de toutes ces femmes plus grandes que des Dieux le sauve, l'élève, lui fasse courir le risque du renoncement, de l'acceptation, des deuils accomplis, des peurs enfin rejetées, repoussées, terrassées. C'est une histoire qui ressemble à la sienne dans toutes les histoires du monde, en train de sécher sur le grand Arbre à Feuilles, qui n'épargne à personne le devoir d'éprouver au moins une fois le silence, la douleur, l'absence, l'impuissance alors même que la force du chaos nous propulse dans l'existence sans autre apparat que notre propre humanité.

Fragile et dérisoire.

Et même si Pepo n'a que 16 ans, il la porte déjà en lui cette connaissance. Il a déjà deviné à quel point ce monde est un fourvoiement, à quel point l'existence des hommes est réduite à une volute aussi minuscule et éphémère que l'atmosphère est gigantesque et infinie. Bien sûr que les vies sont ridicules au regard de tous les battements de cœur émis quand on sait qu'un seul d'entre tous trouvera peut-être et ce n'est jamais certain, son parfait écho. Alors là oui, on pourra dire que la Vie s'habille de majuscule. Quand cela touche le cœur, transperce la peau ou brûle les yeux. Tout le prix de la vérité est là. Quand la flotte est sur le point de déborder, d'horreur ou de bonheur, mais que quelque chose arrive qui surpasse les lois, les hommes, la raison. Quand en profondeur le bouleversement renverse la vapeur et que l'étincelle se produit. Sinon ce n'est que du remplissage. Jour après jour. Une même rengaine.

Des gestes mécaniques.

Pepo a déjà compris qu'on ne revient jamais de là où l'on part. Et que même si cela arrive, une vie aura passé. Avec tellement d'hivers et de printemps. La peau se sera endurcie de toutes ses couches de saisons amalgamées et pas forcément transmutées. Et pas que pour soi, pour les autres aussi. Pour Isabella qui ne sera plus celle qu'il connaît. Qu'il a à peine connu. Même si une fois il a tenu sa main et que cette fois-là, il a recommencé à vivre. Ce n'est pas rien quand même. C'est même après la mort du père, le grand souvenir qu'il gardera de ses 16 ans de vie. Cette main qui l'a soulevé de terre, remis debout, et lui a fourni toute l'énergie de pousser le rocher. Sans cette force en lui, transmise en une après-midi, il n'aurait pas tenu jusqu'à aujourd'hui. Ce jour-là, il le sait maintenant, une chose a été donnée de façon inconditionnelle qui lui a permis de grandir. Pour un jour devoir partir.

Et dans ce nouvel arrachement, presque cet écartèlement, il n'y a aucun silence qui ressemble à ce qu'il connaît déjà. C'en est fini d'à peine comprendre et de tout prendre de plein fouet, figé dans une grande douleur. Il n'est plus un enfant. L'homme qui est en train d'éclore possède une relative lucidité qui pourtant, le fera hésiter tout l'été. À l'image d'une foutue cacophonie, il comptabilise tous les mots dits, tous les regards échangés, toutes les fois où Isabella était là. Juste là. Et de le savoir suffisait. De la voir, suffisait. De la respirer, suffisait. Cette survivance, il la tient d'elle. Par le souvenir de cinq doigts forts et rugueux, tellement plus doux encore que le pelage de Rigolo et d'une témérité qui en quelques heures l'a rendu solide et entier. Après ça, elle a toujours été présente. Et tant qu'il a été plus petit qu'elle, il l'a toujours regardée en levant la tête, comme s'il devait à chaque fois se hisser à son niveau, s'obliger à grandir. L'écouter même dans ses silences. Surtout dans ses silences. Comme cette fois, sur la terre molle du père, quand elle avait cessé de parler et qu'il avait pleuré. Ce dont il se souvient, c'est qu'au fur et à mesure que son murmure tarissait, lui il se libérait. Il peut encore sentir comment son sang a recommencé à circuler, son cœur à battre et comment sa poitrine s'est décomprimée. Juste parce qu'elle tenait sa main entre ses doigts. Une part de

lui sait que tout s'est joué là, qu'il aura beau chercher ailleurs, il ne trouvera pas mieux. Tous les livres, toutes les histoires le disent. À la fin d'une vie, seuls quelques souvenirs subsistent vraiment. Reste en mémoire ce qui a le plus compté. De pire comme de meilleur. La mort du père. La main d'Isabella.
Comme une future épitaphe.

Qui sait plus tard ce qu'il trouvera sur le chemin qui pourrait lui faire oublier et cette chute et cette élévation ? Qui sait où et à quel moment, un nouveau levier apparaîtra, qui lui permettra d'avancer. Parce que malgré tout le malheur que ça lui fait de quitter le Clan, la Caravane du père, La Guzzi, Isabella, il sait qu'il le fera. Le choix est décidé depuis longtemps. Jamais il n'a envisagé de rester. Non, la question est plutôt, comment ? De quelle façon il s'y prendra ? Parce qu'avec le Clan, la Caravane du père, La Guzzi, Isabella, et dans cette liste, il n'y a aucun sens de priorité tout est à la fois essentiel, rassemblé en un seul tenant, sans hiérarchie de préférence, il y a aussi lui, Pepo, debout, vivant, entier. Et cela ne tient que par le fait que tout existe ensemble, que chaque partie est solidaire des autres. Depuis huit ans. Alors qu'un seul élément s'écroule, disparaisse, se casse et c'est tout l'équilibre qui est compromis. D'un coup, la vie devient bancale, amputée, brisée. Et ce n'est ni possible ni envisageable. Pas cette fois. Il a déjà compris que ça sera tout ou rien. Parce que si tout s'effondre ensemble, se casse, se disloque, s'embrase, se désolidarise en une fois, là c'est différent. C'est rien qu'un monde nouveau à reconstruire. Une vie neuve qui repart à zéro. Et dans ce savoir, Pepo récite : La guerre des Gaules : Jules César et Vercingétorix. Charlemagne contre les Avars. La conquête du Main par Guillaume le Conquérant. Pire, il n'y a pas si longtemps encore, le Darfour. La politique de la Terre brûlée a déjà fait ses preuves. Rien de plus extrême, de plus efficace. De plus définitif.

Tout brûler et partir. C'est à cela qu'il pense Pepo quand l'idée d'amputer sa vie d'Isabella, de la Guzzi ou même de la Caravane lui semble impossible à envisager. Ce départ est une pression énorme pour lui. Tant que le fantasme le faisait avancer, tout allait bien. Mais plus la réalité devient palpable et dense, plus les conséquences apparaissent. Il ne veut pas avoir à partir en ayant à porter la mémoire du Clan. Celle du père prend déjà toute la place, il a mis des années à l'apprivoiser. Et puis le Père l'a dit. *Si on part, on ne revient pas. Il ne faut rien regretter. Ne rien laisser derrière soi. Pars et ne te retourne pas.* C'est peut-être facile quand on croit ne plus rien avoir mais quand tout s'emboîte ensemble, comme sa vie depuis 8 ans, comment on fait ? Le père ne l'a pas dit ça. Pour sûr qu'il ne savait pas le père. Avec sa colère et sa rage de la Ville et de la boîte à images, il avait du en avoir de la mémoire et de la douleur. Et on voit bien où ça l'a mené. Nu sur le lino d'une caravane. Complètement mort. Et Pepo, s'il n'était pas tombé sur le Clan, serait peut-être mort à l'heure qu'il est, lui aussi. Bouffé par les mêmes vers qui grouillaient dans la tombe du père. Alors quoi ? Bien sûr qu'il leur doit tout. Au Clan. Et surtout à Isabella.

Pas un instant Pepo ne pense que son départ à lui ne puisse déséquilibrer le Clan. Eux sont un bloc en soi. Une entité à part entière. Il sait sa présence factuelle, comme un pion rajouté. Il ne s'est même jamais posé la question du pourquoi ils ont accepté cela. Toute cette abondance à l'accueillir, l'élever, le faire homme. Personne jamais ne lui a parlé des deux frères avant le père et lui. De cette dette qui ne sera jamais effacée. Pas même Elya qui aurait bien voulu parfois mais à qui on avait donné ordre de se taire. Alors ce déséquilibre, Pepo se croit seul à le vivre. Dans sa tête bout la même colère que celle du père, parti sans personne pour le retenir. Lui, sans eux, il sent bien qu'il va se disloquer. Et pourtant tout le monde l'encourage. Qu'il aille de par le monde. Jusque sur toutes les routes qui l'encerclent. Parce que le monde, lui, ne viendra jamais jusqu'ici. Ici, il le sait bien que c'est une enclave. Que passé un stade, on en repart plus. Et Maître Jean et Carmen et Paolo de rajouter qu'enfant déjà, il leur disait *M'en fous, moi, un jour, je partirai.* C'est donc qu'il le savait. C'est donc qu'il le ferait.

Cet été là, celui d'avant ses 16 ans, Isabella assiste au lent délitement du garçon. Elle le voit partir des heures et quand il revient, aucun paysage ne s'est imprimé au fond de son regard. Il a de nouveau les yeux sombres, fixes, sans lumière. Il garde ses poings fermés au fond des poches du blouson du père. Dès la nuit tombée, il s'enferme dans la caravane, n'en ressort que tard le matin. Les après-midi, il fixe longtemps la Guzzi, le casque et les sacoches et quand il se décide à l'enfourcher, il s'élance d'une seule accélération, provoquant un à coup qui le déséquilibre mais c'est plus fort que lui, il démarre ainsi, sans faire rugir le moteur, mais en le forçant à passer de rien à tout et dans cette propulsion, son corps fait bloc, se noue à l'engin et il y puise sa force, son entêtement, sa rage. Plus loin sur la route, il desserre les dents et retrouve enfin le plaisir. Il n'a plus l'impression d'avoir un truc aux fesses qui le poursuit. Souvent il est seul sur la route. Il connaît les axes les moins fréquentés. Là où il peut accélérer, ôter son casque et sentir le vent balayer sa tête de ses pensées les plus indigestes. Là où il se demande toujours au moins une fois s'il va faire demi-tour.

Même Rigolo ne semble pas pouvoir le retenir. Quand Pepo revient il lui fait la fête comme s'il avait senti que c'est presque un miracle qu'il revienne et qu'il puisse reprendre sa place, son museau posé sur ses genoux. De voir cela, Isabella vacille. Elle sent bien que c'est à elle de parler. Pareil que la première fois. Qu'elle va devoir forcer son silence ou en tout cas abattre sa muraille. Pourtant, elle ne se voit pas lui prendre la main. Pour l'emmener où ? C'est presque un homme maintenant. Ça fait des mois qu'il la dépasse d'au moins une tête. Des mois que ses bras peuvent porter trois fois son poids. Elle ne peut rien exiger de lui. Plus du tout le soulever de terre.

Et pourtant, un soir, alors que Pepo a refermé la porte de sa caravane, qu'il a encore passé la journée ailleurs et n'a pas desserré les dents de tout le repas, elle y va. Sans frapper, sans demander la permission, alors qu'une nuit sans lune sombre dans un sommeil épais, elle ose. Il faut bien que quelque chose se passe, c'est ce qu'elle se dit quand la main sur la poignée de la porte, elle hésite encore et s'apprête à reculer. Mais non, malgré le silence qui l'accueille et le bruit de son cœur qui bat le tambourin, d'un geste tremblant elle abat la poignée. Une simple et pale bougie presque en fin de vie, éclaire l'intérieur. C'est dire s'il fait sombre. En tout cas assez pour ne pas voir Pepo de suite. Pour presque buter contre lui. Là, juste dans l'entrée, à ses pieds, allongé sur le ventre. Là où elle s'en souvient gisait le père, recouvert d'un édredon grenat. Exactement dans la même position. Et cette vision, ce presque homme, la respiration saccadée par les larmes, agrippé au sol, lui arrache un cri. Un cri aussitôt ravalé mais qui l'explose au-dedans. Et sans réfléchir à ce qu'elle fait, mue par sa seule commisération, plus que ça en fait, par la violence et la transparence de cette tristesse énorme, enfantine et en même temps si juste, si entière, elle le rejoint. Elle laisse son corps glisser près de lui et de tout ce qui la fait femme, veuve, mère, amie, elle l'enlace, le réchauffe, l'enserre, à vouloir se fondre en lui, à l'arrimer à elle pour qu'il y puise sa chaleur et sa force et sa puissance et sa volonté et toute la vie qui l'habite et qu'elle veut partager. Comme il y a huit ans par la seule force de sa présence et des mots qu'elle murmure.

Et Pepo se laisse faire qui continue de mordre la poussière en écrasant son poing sur le sol et en hoquetant qu'il faudrait tout brûler, la moto, la caravane, la Guzzi et même sa vie. Qu'il voudrait partir et rester en même temps. Pareil qu'avec le père. Qu'il doit encore choisir. Se retourner. S'en aller. Tout laisser. Et Isabella le reçoit comme l'enfant qu'il était à son arrivée. Même si elle sait bien que non, il a grandi, c'est presque un homme, mais elle lui murmure les mêmes choses, les mêmes absurdités qu'elle se répète à elle-même. Qu'on est tous de passage, qu'il faut faire le voyage, sans trop se poser de questions. Que sa vie à lui commence. Encore une fois. Que c'est une chance. Elle, elle va rester ici. Elle sera là. Toujours.

Il pourra revenir. Si ailleurs, là-bas, loin, il ne trouve pas ce qu'il cherche. Et disant cela, elle sait qu'elle ment. Parce que pour elle, c'en est fini de ressasser depuis des années. Et que s'il part, elle partira aussi. Recommencer ailleurs, tenter autre chose. Quoi, elle ne sait pas. Mais leurs deuils se brisent ce soir. Sur le sol usé de cette caravane. Dans cette nuit noire. Écrasante de silence et de pleurs et de larmes. Pour tous les deux, ensemble. Et puis, au fond d'elle, elle le sait que s'il part il ne reviendra pas. Passé la grande route comme il dit toujours, ça sera fini. Et c'est juste. Elle n'est personne pour le retenir. Trop vieille pour espérer son retour. S'il ressemble au père, il n'est pas le père. Et pourtant elle l'a aimé autant. Dans chaque silence. Elle ne sait pas qui de la femme ou de la mère en a le souffle coupé. Qu'Elya parte ne lui tranche pas les veines autant. Que Pepo s'en aille, c'est le père qui meurt une seconde fois. Et ça lui fait le cœur gros comme elle n'aurait jamais pensé.

Tout autour d'eux, la nuit les engloutit heure après heure, jette son ombre géante et même ses ombres. Georgio, le père, la mère, tout ça n'est plus qu'un seul trou noir où les échos d'Isabella et Pepo tombent, trop longtemps emmurés derrière ces centaines de livres qui tapissent chaque mètre carré de la caravane. Ainsi, ils restent à terre, dans l'entrée, toute la nuit, serrés l'un contre l'autre. À se chuchoter tout ce qui n'a jamais été dit. Qu'ils ne pensaient même jamais se dire.

Et cette nuit-là, c'est la tendresse qui gagne et l'emporte sur tout. La tendresse comme un océan de bonté, comme une gigantesque consolation. Comme deux corps soudés dans une même peine, une même absence, une même solitude. Enfin vécues, avouées, libérées. Ce sont des litres de flotte qui coulent sur le corps de l'autre sans barrage, sans honte, sans faux semblants. C'est l'absence, la douleur, l'oubli, la mort, les pleurs, les forteresses, les boucliers à terre, les heures vaines, les grands silences, les solitudes écœurantes, les corps frustrés jetés en vrac entre eux, qu'ils piétinent de rage, qu'ils énumèrent à coup de mots sales, non retenus. C'est la vérité nue et crue des pensées aberrantes comme d'oser dire je t'aime. Pour la première fois. Pour tout. Pour rien. Sans attente. Parce que c'est là entre eux et qu'il n'y aura jamais que ça. Pedro au milieu comme une absence devenue présence qui les a soudés, à leur insu, toutes ces années. Il est là, jamais loin, au bout de chacune de leurs phrases. Ainsi Pepo peut-il redevenir enfant et Isabella redevenir mère. Et la tendresse est là, douce, attentive, qui les enivre, les scelle et leur permet enfin de se toucher dans un cœur à corps, doux, patient, guérisseur. Cette tendresse de recevoir l'autre, tout entier et de faire silence, jusqu'au bout de la nuit. De n'avoir plus besoin de parler mais être juste là. Arrimés l'un à l'autre. Et même de se sourire. Et puis d'y repenser à toutes ces années. Et de rire. De rire à en pleurer. Le corps défait mais l'âme délivrée. Et c'est comme un nouveau saut quantique, le père adorerait, Pepo le lui racontera plus tard. Cette impression de devenir autre. De muer encore une fois. En étant conscient cette fois-ci. Physiquement, le sentir vibrer dans son corps. Comme si, ça y est, il s'était extirpé d'une mauvaise gangue. En étant ainsi remis à la vie.

Par une femme.

À la seule lueur d'une bougie.

Est-ce ainsi que naissent les héroïnes, les amazones, les élues, les Saintes et pourquoi pas les Déesses ? Quand par une nuit sans lune, on se retrouve propulsé au milieu des étoiles, à tutoyer les anges. Avec tout l'amour de ce qui a été pardonné, reçu, transmué.

Est-ce ainsi que se créent les contes ? Quand les femmes touchent du doigt la mort pour en extraire la racine de vie. Le cœur ouvert à l'infini.

Ainsi, l'histoire pourrait s'arrêter là.
Avec une fin sobre et suggestive, façon *Je pars* :
Alors pour la seconde fois de sa vie, Pepo tourne le dos à la caravane, au clan, à tout ce qu'il connaît, aime, le retient. Il tourne le dos à Isabella et il avance.
Parce que c'est ce qu'il faut faire.

Et, parce que le monde est ainsi fait, prétentieux, fat, et sacrément chimérique, il verrait là une belle façon de boucler la boucle et de faire la nique aux méchants, en imaginant Pepo sur son chemin de vie, homme parmi les hommes, fort de sa nouvelle mue, prêt à cavaler la planète et à y croire comme à un vaste champ de possibles, la sève d'Isabella coulant dans ses veines comme un rempart définitif au démon de la Ville et de toutes les boites à images. Alors oui, bien sûr que c'est tentant, confortable et puis quoi, dans un instant T, c'est même absolument véridique. Il y a eu tellement de nuits où Pepo ne s'est pas remis de vivre que cette fois il vaudrait mieux le laisser partir sur une victoire et laisser croire… Mais voilà, rien ne se passe jamais comme on aurait envie de l'imaginer. Parce que vivre c'est un tel boulot, une telle responsabilité que même à prier pour qu'une telle résilience existe, il faut encore faire avec la vie, qui à l'aube des 16 ans de Pepo, est bien loin d'en avoir fini avec lui. Et puis, surtout, pour être totalement honnête, dans quelques années, une nuit d'hiver, une promesse sera faite.

Qui, ne vous en déplaise, doit être tenue.

TROIS DIZAINES
DE SAISONS
PLUS TARD

C'est un mois d'hiver détestable et interminable. Avec un froid implacable, des gelées épaisses, dures, parfois dangereuses. Déjà six nuits qui succèdent à autant de jours sans vraiment prendre de repos. Toujours à dormir dans le camion. Une poignée d'heures sur des aires d'autoroute avec le bruit incessant qu'on imagine. Beaucoup de sandwichs gras, de chips, de soda, de mauvais café. Rigolo sur le siège passager, heureusement fidèle, tranquille, rassurant. Souvent l'aube se dévoile sur des yeux cernés, une barbe drue alors que les camions sont déjà tous repartis, C'est que d'un point de livraison à un autre, les kilomètres se comptent par milliers et qu'ils ne se font pas tout seuls. Bien évidemment, ça grappille sur les horaires autorisés, un peu plus tard le soir, un peu plus tôt le matin. Mais la route est là qui appelle Pepo et Pepo est loin d'être usé. Il aime toujours autant cela courir après les nuages, voir défiler les paysages, voyager toujours plus loin, sans que jamais ça ne s'arrête. Trois ans déjà qu'il navigue, vole, roule au volant de son 38 tonnes. Sept qu'il est parti du Clan, jamais revenu. En laissant derrière lui, exactement comme il le fallait, la caravane et la Guzzi, en cendres, dans un autodafé programmé. Isabella et le Clan parfaitement concertés. Une dernière nuit au son des guitares et les chemins qui se séparent. Il y pense souvent, sans regret et sans nostalgie. Parce que chaque jour le chemin est plus fort que tous les hiers réunis. Cet éternel chemin qui l'aspire, se déroule devant lui et l'emporte sans même qu'il s'en aperçoive. Il roule et il se laisse absorber jusqu'à ne faire plus qu'un, Pepo, la route, la route, Pepo. La fusion a été immédiate. Son camion c'est sa maison, la route sa destinée. Jamais, il ne voit les heures défiler. C'est souvent Rigolo qui, quoique vieillissant et presque impotent le rappelle à l'ordre, l'exhorte à la pause et le force à interrompre ses rêveries. Jamais les mêmes. Adaptées au chemin, aux pays, aux rencontres. Et quand les circonstances lui ouvrent une porte, rarement plus d'une nuit, le corps repu par les baisers d'une autre. Son idéal est respecté. Pepo voyage sans limites, presque sans contrainte. Toujours plus loin. Comblé d'ailleurs. Chaque jour, depuis trois ans, le ciel l'accompagne, quel que soit le temps, comme un horizon infini, une promesse vivante que tous les chemins se suivent et ne se ressemblent pas. Combien de kilomètres il a parcouru depuis ses 16 ans ? Déjà plusieurs milliers. Si peu en vérité. Et cette perspective le rend euphorique. La fin du monde et du dernier chemin est invisible, inaccessible, très loin de son cauchemar de gosse. Surtout depuis qu'il a intégré les Transports Sanders. Une sacrée aubaine sa rencontre avec la fille Sanders. Sans elle, il serait encore à changer de patron tous les six mois. Que des têtes de cons. Depuis son diplôme, douze en tout. Comme les douze salopards. Véreux, survoltés, colériques, suspicieux, voire paranos. À fliquer tous tes faits et gestes du premier chargement au dernier kilomètre retour. Pas un de plus et pile poil le réservoir rempli à la bonne jauge. Estimation au millimètre près, selon un tracé incontournable, avec des pauses programmées à heures fixes. Des normes à rendre fou Pepo, du flicage de despote, jamais un remerciement et toujours plus de responsabilités. Et puis il y a 3 ans, la fille Sanders, de dix ans son aînée, qui vient d'enterrer son père. Un Chauffeur Poids Lourd Indépendant.

Même pas une histoire d'amour, encore moins une nuit blafarde dans un resto de routiers. Une vraie rencontre, sur le chemin de la vie, à la frontière suisse, pendant un déjeuner, côte à côte, sans se connaître. De ces rencontres qui dévient le chemin sans qu'on s'en aperçoive. Façon Elya et Maître Coq, en son temps. Avec Rigolo à leurs pieds, comme un raccord, une entrée en matière. Un lien social bien plus puissant qu'un landau hurlant ou une poussette de triplés. Pepo l'a vérifié des dizaines de fois. Le nombre de personnes qui lui adressent la parole, que Rigolo amadoue d'un regard, d'une léchouille, d'un jappement heureux. Que Pepo n'a jamais à vraiment parler, juste laisser faire. Ce jour-là, la fille est jolie, un rien triste et la discussion s'engage. Très vite sur son deuil récent et son héritage insensé. Qu'elle ne sait pas conduire les camions, n'a même jamais eu l'idée de le faire. Qu'elle va devoir vendre le 38T de son père et ne sait même pas comment faire. Que depuis le décès, tout va trop vite. Elle n'a plus toute sa tête. Et la voilà qui lui parle comme à un ami alors qu'une heure avant ils ne se connaissaient pas. Et Pepo qui écoute. La mort d'un père, il connaît. Les camions, il connaît. Le transport, il connaît. Si elle veut, ils n'ont qu'à s'associer. C'est bien pour ça qu'elle est venue échouer dans une taverne de routier, non ? Et de lui expliquer qu'il n'en peut plus de rouler à tort et à travers pour des patrons tous plus fous les uns que le autres. Si elle veut, elle n'a qu'à prendre le relais commercial et continuer avec les clients du père et lui, Pepo, se charge du reste.

La route, c'est sa spécialité.

Presque trente six mois que la fille Sanders a dit oui. Au début elle a géré les contacts, puis peu à peu, Pepo a pris la main. De temps en temps, ils s'appellent, font les comptes, se donnent des nouvelles mais le reste de l'année, tout roule, tout coule, tout chemine. Et Pepo va

bon train, à sa façon. Avec des clients choisis et des livraisons qui abattent les dernières frontières entre lui et le monde. Jusqu'à ce jour d'hiver. Ce matin froid, tendu, nauséeux. Comme si dès le réveil, la menace était là. Palpable. Dense.
L'accident.

Celui que les routiers redoutent, auquel ils ne pensent jamais. À moins qu'ils ne s'y refusent, par superstition, pour conjurer le sort. Croire que ça n'arrive qu'aux autres. Sauf ce matin-là. Pepo qui voit trop tard non pas qu'une voiture le double mais que brutalement, elle se rabat devant lui et même carrément sur lui. Une Mercedes qui vient se prendre dans ses phares, qui perd de la vitesse, que le camion de Pepo percute frontalement dans un crissement impossible à contenir. Un 38 tonnes lancé à 100 à heure ne pile pas. Jamais. Il traîne avec lui la voiture qui lui a barré la route et pourquoi, comment le camion se couche, la cabine d'un côté, le chargement d'un autre, dans un bilan pourtant miraculeux, reste un mystère.

Le conducteur de la berline a survécu et aucune autre voiture n'est venue s'encastrer le long du chargement. À 6h15 du matin, Rigolo, seul, s'est vu éjecté de la cabine. Retrouvé cent mètres plus loin, dans le fossé, mort sur le coup, il n'a pas dû comprendre ce qui lui arrivait. C'est la chose la plus brutale et violente qui lui soit arrivée en quinze ans. Plus tard, Pepo sera en peine de visualiser en boucle ce putain de vol plané et les yeux du berger allemand au moment de mourir sans son maître alors même que, extrait de son habitacle et transféré par hélico au CHU de Bordeaux, il avait déjà sombré dans le coma.

Un mois avant qu'il ne revienne des abîmes. Profondément choqué. Si son corps a absorbé l'accident sans trop de dégât, son esprit refuse encore de considérer ce à quoi il a assisté. Parce qu'il se souvient de tout, Pepo. Il a bien senti qu'il perdait le contrôle, qu'il écrabouillait la Mercedes, que tout vacillait autour de lui. Il voit encore Rigolo qui traverse le pare-brise, qui s'élève comme une peluche molle, que rien n'arrête. Et ce bruit hideux, aigu, de ferraille, de tôle, d'éclats de verre, de klaxons. Et de gémissements. Avant le grand trou noir.

Et ces cauchemars, en boucle. Lui qui ne rêvait plus jamais à l'Arbre à Feuilles, le voilà qui surgit devant Pepo avec tout un essaim de lettres volantes prêt à lui tomber dessus. Comme ces nuées d'oiseaux en transhumance, qui parcourent le ciel en bande, ondulent devant lui, des milliers de lettres, tout l'alphabet dupliqué des centaines de fois, dans une sorte de vol annonciateur. Un ballet de mots en désordre. Un charivari de phrases prêtes à en découdre. Au-dessus d'un Arbre à Feuilles, presque mort. Par flash, il revoit aussi tous les livres et la caravane et la Guzzi et le feu géant. Se dit que c'est le prix à payer pour avoir oublié. Que le dernier rempart est tombé. Rigolo a rejoint le néant. Celui du père et des souvenirs, un peu d'Isabella. Et aujourd'hui, 8 ans plus tard, comme une récurrence, le rythme de sa vie. L'infinie dérobade.

À quoi s'attendre d'autre ?

À ce blanc, tellement translucide, presque réfléchissant. Qui lui grille la rétine. Qui l'oblige à fermer les yeux. À écouter sans voir. Ce que le médecin, les infirmières, la police lui racontent. Et toute cette flotte qui remonte d'un coup, pitoyable, tellement dérisoire. Alors que quoi ? Ça aurait pu être tellement pire. C'est ce qu'ils disent tous. À part son chien, aucun mort n'est à déclarer. Il a eu une sacrée chance que le camion se couche et finisse dans le fossé. Que cette branche d'autoroute soit déserte. Que la police, les pompiers et l'ambulance aient pu intervenir aussi vite. Évidemment qu'ils ont raison. Évidemment aussi qu'ils ne se rendent pas compte. Rigolo, l'année de ses huit ans, la mort du père, le Clan, la bascule, Isabella, sa vie, son passé, sa résurrection.

Rigolo mort alors que ce sale chauffard, aviné, somnolant, lui, s'en est tiré.

Et lui aussi, vivant. Tout seul encore. Si ce n'est cette femme à son chevet. Une silhouette comme un fantôme. Qu'il refuse de voir. Et c'est peut-être ça qui le fait disjoncter et perdre les pédales. Hurler qu'on l'achève, qu'il fallait le laisser mourir. Parce que, ce qu'on lui explique, c'est que dans son 38 tonnes, la pochette secrète du père a enfin libéré ses secrets. Depuis toujours, elle le suit, cette pochette. Où qu'il aille. *Au cas où.* Et voilà que les pompiers l'ont trouvée. Avec dedans la seule personne à contacter. Comme le père avait écrit il y tellement d'années en arrière. *Si un jour il arrivait quelque chose.* Avec l'adresse de la mère. Mais vraiment, *au cas où. Si un jour, c'était obligé.*

Et voilà que ça l'est devenu, obligé. Une nuit d'hiver. Alors que le téléphone portable de Pepo a rendu l'âme et que la pochette secrète, elle, a survécu. Ainsi, la mère, assise en silence, qui depuis le 1$^{er}$ jour, attend que Pepo se réveille. Et dans le même temps, la déferlante journalistique. Parce que l'information a fuité. L'accident de l'A63, le fils de la célèbre animatrice Poline L. Un scoop. Un fils caché ? L'enquête en cours. Qu'à des centaines de kilomètres de là, Isabella a pu découvrir aux informations. Un soir comme tant d'autres à regarder le journal. Confortablement installée dans sa nouvelle vie avec son nouveau compagnon, en imaginant Pepo sur les routes, heureux. Les quelques cartes qu'il lui envoyait parfois. De Belgique, d'Espagne, de Barcelone. L'année dernière de Russie. Son premier vrai grand trajet. Qu'il l'avait même appelée pour lui partager son bonheur. Et ça s'entendait qu'il avait fait les bons choix, choisi la bonne route, su trouver sa place.

Prendre sa vie en mains.

Et tout de suite, devant le poste de télévision, Isabella a su qu'elle allait faire le chemin. Rejoindre Pepo. Rencontrer la mère. Elle a senti de tout son être combien cette fois-là encore, il allait avoir besoin d'elle. Plonger dans les ténèbres avec lui pour l'en sortir. Et même si la mère, au départ n'a pas voulu la recevoir, elle a bien été forcée. Quand Isabella a prononcé le nom du père, Pedro et que la mère ça se voyait que cette partie-là de l'histoire, elle voulait la garder pour elle. Alors elle a laissé rentrer Isabella dans la chambre et Isabella a vu Pepo, endormi, profondément, sagement, presque comme s'il était mort. Le visage pourtant tellement blanc, avec seulement un œil de toutes les couleurs et quelques bandages. Elle a pris sa main chaude mais lourde et elle l'a tenue longtemps en silence. Le temps que sa propre chair refasse le chemin jusqu'à celle de Pepo.

Et ça a duré comme ça un mois, à tour de rôle. Un jour c'était la mère, un jour c'était Isabella. De 13h à 18 heures. Du lundi au dimanche. Jusqu'à ce que Pepo se réveille. À ce moment-là, on était déjà le 22 février. L'hiver fléchissait sur un redoux. Moins glacé, moins dangereux. C'est la mère qui était là quand Pepo a voulu ouvrir les yeux, que le blanc lui a fait mal et que les mots de tous ceux qui veillaient sur lui depuis un mois se sont déversés sur lui. Et que pour les faire taire, il a été obligé de hurler. Après ça, il n'a plus voulu voir personne. Et pendant un mois encore, en leur présence,

Il a gardé les yeux fermés.

Même à Isabella il a refusé le dialogue. Il a compris qu'avec la mère, elles se sont parlé. Que maintenant elles sont complices. Que tout a été dit, raconté, dévoilé, chuchoté. Trahi. Le père, la chute, la caravane, les tatouages, les livres, Rigolo. Et même les Cahiers secrets du père. Que la police a trouvés dans le camion et remis à la mère. Et le livre de Cesbron. Le seul qu'il ait jamais conservé. Tout ça dans un simple sac en plastique. Avec la photo de la mère et du père. Et le blouson aussi. Sauvé, rapatrié. Que l'une ou l'autre ou les deux ont eu l'idée de poser sur une chaise, pour quand il ouvrirait les yeux. Et ainsi, toute sa vie mise à nu, donnée à la mère, comme ça, gratuitement, pour rien. Alors qu'il n'avait rien demandé, permis, autorisé. Ni à l'une ni à l'autre. Que depuis, elles le couvaient comme un gamin, qu'il n'était plus depuis longtemps. Alors que toutes les deux au fond, en vérité, si on y regardait de près, elles l'avaient laissé partir. Que si on remontait le temps, tous les chemins empruntés, il fallait bien que ce jour-là arrive. Carmen l'avait prédit que ça arriverait. *Pas vraiment en ces termes ni si clairement mais elle l'a vu qu'il partirait. Qu'un jour il ferait la route. Elle a vu son chemin aussi long que la voie lactée. Noir et lumineux.* C'était écrit. Dans ses mémoires akashiques. L'histoire des uns et des autres pour que l'accident arrive, que Rigolo meure. Et pas lui. Comme avec le père. Obligé de survivre.

Encore une fois.

Et que la mère finisse par se dérober. Une ultime fois. Rappelée à Paris en promettant de revenir. Oubliant de le faire. Laissant les choses se tasser. Parce que le monde continue de tourner, sans s'arrêter. Et qu'on le sait bien, qu'il n'a jamais le temps le monde, pour rien ni personne. Même pour Pepo. On le sait bien qu'il ne stoppe jamais sa course et qu'un scoop chasse l'autre. Surtout que le fils est vivant. Et ça intéresse qui à présent puisque même la mère s'en est retournée. Il lui a suffi d'être prise au piège un mois entre Isabella et Pepo pour comprendre que le mal était fait. Que c'était trop tard. Qu'elle n'avait jamais eu sa place. Et tant pis pour les cahiers.

Ainsi donc le père en la quittant, avait tout embarqué. Pepo, son cœur et même Ses Cahiers, à Elle. Il les avait gardés tout ce temps. Cachés dans la caravane avant que Pepo ne les trouve et croie qu'il en était l'auteur. Pour les dessins, c'était vrai. Mais pour les textes, c'était elle. Elle s'en souvient, à l'époque, elle écrivait ses poésies en cachette. Elle a fait promettre à Isabella de dire la vérité à Pepo quand elle penserait qu'il serait prêt. Que c'était là tout ce qu'elle avait à transmettre et qu'elle était heureuse que Pedro ne les ait pas brûlés. Normal que le fils en hérite. Normal et juste. Qu'il en fasse ce qu'il veut. Ce n'était là que quelques pensées, quand elle était heureuse, avec Pedro. Quand elle croyait encore que le bonheur suffit à tout, qu'elle deviendrait peut-être un grand écrivain et que la boîte à image ne lui prendrait pas tout.

Pedro, le fils et finalement son âme.

Alors Isabella a tenu promesse. Elle a mis des mots à l'endroit, partout où l'envers de la vie était en train de faire basculer Pepo. Pepo qui deux mois après, en convalescence, refuse toujours de lui parler mais qui écoute Isabella lui raconter la mère. Toute l'histoire du père et de la mère. Il sait à présent pourquoi il était malade toujours à la même date. Il sait que la mère aurait voulu mais qu'elle n'a pas pu. Que le père a eu raison de partir même si chaque année, à son anniversaire, elle croyait en mourir. Et cet arbre tatoué, issu des mots de la mère en définitive, qu'il portera sur son dos à vie. Le père et la mère, sur lui, en lui, à jamais. Que tout ça finalement lui est égal à Pepo. Pensant à Rigolo, à sa lévitation mortelle et solitaire, il rajoutera même.

Égal, futile et dérisoire.

Et pourtant, peu de temps après, il l'écrira cette histoire, telle que vous la lisez. Avec Isabella, une dernière fois, près de lui qui l'aidera à mettre de l'ordre dans ses phrases, dans ses pensées et encore une fois, dans sa vie. Et tout en y mettant le point final, il saura que leur chemin s'arrête là. Heureuse comme il la verra au bras de son bel Antoine. Un homme doux et vaillant, pas fourbe et même sacrément drôle.

Il saura que tout est juste ainsi.

Il l'écrira puis il l'enverra à la mère. Sans rien attendre. Ensuite, de la même façon qu'un jour il a dit *Je pars,* il s'en ira. Sans resquiller. Il tournera le dos à tout ce qu'il connaît et ne le retient plus, en épongeant pourtant une dernière fois la flotte qui lui mouillera le cou et il s'en ira.

Parce que le père avait raison, c'est toujours ce qu'il faut faire.

Il reprendra le chemin. Celui qui mène d'une route à l'autre, sans interruption. Jamais. Et qui sait si, à un croisement, il verra enfin cette femme nouvelle, surgie de nulle part, les fesses posées sur une borne en béton gris, en train de faire du stop. Peut-être bien qu'elle sera en panne d'essence ou en panne tout court. Comme il arrive dans la vie. À un carrefour. En train de se poser des questions et de devoir se choisir un nouveau destin. Un peu paumée. Certainement très jolie. À peine plus âgée que lui. Sans attaches. Avec ce qu'il faut de lumière dans le regard et de fossette dans le sourire.

Et sûrement, une énième histoire à écrire sur l'Arbre à Feuilles du Grand Tisserand.

*Epilogue*

Il est arrivé jusqu'ici. Comme partout ailleurs. On ne voit que lui, en vitrine, avec son large bandeau rouge. Posé tout seul, sur son chevalet de bois, sans rien d'autre autour. Ni fleur ni objet. Aucune décoration. Rien qui ne lui fasse de l'ombre ou ne le mette en valeur. Plus qu'il ne l'est déjà. Tout auréolé de blanc, avec son joli titre noir et son diadème rouge. Trônant, majestueux, anonyme, comme si c'était là le dernier exemplaire. Intouchable. Inviolable. Le nouveau Graal. Quasi inaccessible. Entièrement protégé par une paroi de verre. Peut-être l'unique attrait de ce commerce qui tient lieu à la fois de Dépôt de pain, Presse, Tabac, Épicerie et Relais Colis, niché dans la vallée de Trèvezel, au fin fond des Cévennes.

L'homme s'est arrêté pour voir. Au volant de son camion, il guette. En deux heures, pas moins de seize femmes sont entrées. A priori, toutes pour la même raison. Quand elles sont ressorties, un large sourire aux lèvres, elles n'ont pas attendu de bien refermer la porte pour tirer de leur sac ou cabas ou panier, il en a même vu une avec un sac filet de coton bleu, le précieux sésame.

Dans leurs mains, l'enfant était là. Enfin là.

Elles allaient pouvoir l'accueillir, l'étreindre, le respirer et savoir qui, de l'homme ou des femmes, gagnait toujours. Sur la quatrième de couverture, elles relisaient ce qu'elles savaient déjà. Elles en humaient la promesse. Cette histoire dont on ne savait si elle était réelle ou fictive mais qui parlait de cette seule sorte d'amour pour laquelle, un jour, elles aussi, elles avaient enfanté. Même à en connaître la trame, les grandes lignes, le mauvais rôle qu'on pouvait leur attribuer, elles savaient le cadeau final, le geste noble.

Qui en premier avait *spoiler* l'intrigue importait peu. Ce soir, cette nuit, ou dans les heures à venir, ça serait entre elles et lui. Au diable les médias ou la rumeur, elles allaient, une bonne fois pour toutes, se faire leur propre opinion. Au-delà de tout jugement et sans qu'elles n'aient rien à justifier, elles seules sauraient, ce qu'elles gardent depuis la nuit des temps en leur sein, qui échappe au raisonnement et encore plus à la littérature.

Et de cela, l'homme au volant de son camion, en était conscient.

C'est ainsi qu'il s'était tu.

Laissant aux femmes et à la mère, le dernier mot.

Bien après cette histoire écrite que la mère avait reçue deux ans auparavant, qu'elle avait lue en pleurant et jugé bon de faire éditer anonymement, Pepo n'avait rien revendiqué. Il l'avait laissé être ce qu'elle avait toujours voulu être, un écrivain. Lui offrant la maternité de cette histoire.

Tout le monde avait suivi la médiatisation de son accident et de leurs « retrouvailles ». Et même si elle ne s'était jamais prononcée sur le sujet, Poline avait fait imprimer le texte, tel quel, sans changer une ligne des mots de son fils, laissant aux lecteurs et aux médias le pouvoir d'en déduire la réelle paternité.

Il était là le cadeau final, le geste noble.

Dans ce relatif anonymat qui les unissait. Qui ne donnait le mérite ni à la mère ni à Pepo. Ni au père. Ni à Isabella. Mais à cette alchimie, singulière, étrange, sublime, qui, le temps d'une vie, les avait tous rendus beaux. Comme seul le monde, en tournant inlassablement, y arrive parfois.

*Ceci est une œuvre de fiction.*
*Toute ressemblance avec des personnages*
*Ayant réellement existé et blablabla et blablabla....*
*Et pourtant, chers lecteurs, ce que j'ai mis dans Pepo,*
*C'est vous qui me l'avez insufflé.*
*Vous, chaque jour, sur mon chemin,*
*Pendant que j'écoutais vos histoires,*
*Vos confidences, vos parcours de vie.*
*Alors si en me lisant, vous vous reconnaissez parfois,*
*Dites-vous seulement que Pepo n'est jamais loin.*
*En chacun de nous.*
*Bien vivant.*


J'aime, donc je suis.
Dès que je cesse d'aimer,
Je cesse d'être.

*Gilbert Cesbron.*

.

Tout est toujours sur mon site :

https://www.louvernet.com

...

Ou sur FB :

https://www.facebook.com/RomanLouVernet

...

Et même par mail :

louvernet67@gmail.com

...

N'hésitez pas à laisser vos commentaires :
Sur FB ou sur les sites :
Amazon.fr – Fnac.com – Babelio.com – etc